JN306077

僕はただ青空の下で
人生の話をしたいだけ

辻内智貴

祥伝社文庫

無題	A DAY	A DAY 1	A DAY 2	A DAY 3	A DAY 4	A DAY 5	A DAY 6
5	9	10	35	61	82	111	134

無題

——小説誌『FeelLove』vol.13 特集「2011.3.11 そして、いま私が思うこと。」によせて

復興が急がれるのは、町並なのだろうか、心なのだろうか。

3月11日、太平洋からの巨大な波によって多くのものが、流され、壊された。この出来事に衝撃を受けている我々の「心」は、しかしそれ以前に経済優先という波にすでにのみこまれ流され毀《こわ》されてしまっていたのではないか。流され、毀されていくままに放っておいた我々一人一人の打ち捨てた心のかたまりが、今回姿を変え巨大な災いとなって我々に舞い戻ってきたのではないか、これは、そういうことではないのか——現地の惨状をテレビ画面に見つめながら、自分が感じたことはそういうことだった。

いまもしこの国が、あるいは世界が、それはつまり私達一人一人が、何かおおきな勘違いをしたまま未来へ向って動いているとしたら、それをつづけていくかぎり、災いは、復興の余地など残さない更に巨大なものにいつかなるだろうと、そんなことを考えた。

——自分は何を言おうとしているのか。また言うまいとしているのか。確かなことは、いま、被災された人たちへの、いたわり、や、はげまし、を、ここに百万言連らねても、被災者の人たちは嬉しくもなんともないだろうと考える自分があるということだ。家を失い、家族を失い、思い出も未来も奪われた人たちをはげますことのできるような言葉を、自分は持たない。自分はただ、被災地から遠いこの町で、今日も暮し、明日も暮し、コンビニで弁当を買っては、そのわずかなつり銭を、募金箱に落としてみるだけです。

A

D
A
Y

A DAY 1

I

「京都は三十七度の猛暑です」

午後のニュースが言っている。

「北方領土を返せ」

ハチマキをした人が叫んでいる。

アメリカでは銃の乱射事件がまた起き、遥《はる》か東シナ海では台風13号が発生しつつある。

世界はいろいろとタイヘンだが、さしあたってのモンダイは、ノミ、である。

あの、ノミ、である。

この数日、ノミに喰われて体のあちこちをポリポリしている俺なのである。

べつに俺は公園や駅前のベンチとかで生活しているわけではない。いちおう仕事らしきものも持ち、とりあえずは清潔なマンション住いなどしている。

むろん風呂にも入る。ノミはおろかゴキブリさえもいないはずの１ＬＤＫな暮しである。なのに体をポリポリしてる。

ネコである。

俺の前で俺より熱心にテレビのニュースを観ているこの脳天気な白ネコである。こやつがノミをバラまいているのである。

去年の冬、産まれてほどない幼さでよたよた半分死にかけてるのを連れ帰ったものである。元気になるまで面倒みてやるかという程度の気持だった。

それが、まだいる。いて、いまやサバンナを駈《か》けるチータみたいに部屋を走りまくっている。このガキが後足《あとあし》で体を勢いよく掻《か》きながらノミを飛ばしてけつかるのである。

一度首筋から黒い小さなものが飛んで出たのを見たことがある。何か飛んだな、と思ったが、いま思えばあれがノミだったのである。フローリングの床で楽しそうに跳ねているのを何匹か潰《つぶ》したが、まだいるのだろう、そいつらが俺を嚙《か》む。

ノミのかゆさはハンパじゃない。

今、俺の左足にはスネ毛がほとんどない。あまりのかゆさに毛根ごと掻きむしってしまったのである。ノミにくらべれば蚊《か》などかわいいものである。バズーカ砲と三八《さんぱち》式歩兵銃のちがいである。日本はこれで戦争に敗《ま》けたのである。そんなことを言おうとしているのではない。

つまり、モンダイは、ネコ、なのである。

この、突然のようにして始まったノミパニックのなかで俺は考えた。もしかしたら自由に出入りさせてるベランダでノミをひろったのではあるまいか。というわけで目下《もっか》ネコはベランダ出入禁止である。むろん俺はいい。当り前である。

「おまえ、そろそろ外で自由に生きていくか?」

向うむきでテレビを観ているネコの背中にそう声をかける。ネコは応えず、福井で起きたコンビニ強盗のニュースなど観ている。

俺はベッド脇のテーブルから煙草を取り、火をつけて、ふうと一つ煙を吐く。

それでなくてもペット禁止のマンションである。違反したら即刻退去、ヨロシク、みたいな条項がろくに読みもしなかった契約書にはきっと書かれていたのである。俺はしがない中年小説書きである。引っ越しをするような余裕もなければ、荷作りや部屋さがしをする気力などさらにない。

灰皿に灰を一つ落とし、

「こまったなあ」

と、とくに切実感もなく呟《つぶや》いてみる。

ふいにネコがくるりと振り向いて俺を見る。その目は全てを解っている目のようであり、エサのことしか考えていない目のようでもある。俺は寝転んでいた体を起こし、ベッドを下りて西向きのベランダの窓を開ける。

外の熱気が、エアコンの冷気とすれ違うように室内になだれこんでくる。青空を支配する真夏の太陽が、待ってましたとばかりに俺の裸の上半身に照りつけてくる。

俺は一つ煙草を喫《の》み、小さな不平を言うように、太陽に向けて煙をプーと吐く。

まったく暑い夏だ。

Ⅱ

二〇××年。日本の夏は凶器のように暑い。この猛暑が始まって、俺は日中外へは出ない。エアコンフル稼働《かどう》で昼過ぎまで寝てる。昼過ぎに起きても、部屋でだらだらしている。

くりかえすようだが、俺は小説書きである。この数年ろくに作品を発表していないが、過去の作品でなんとか食っているので、ともかくも、小説家、そういっていいのだろうと思う。

だから昼過ぎまで寝てていいのである。クソ暑いなか外へ出る必要もことさらないのである。皆が働いている時間にやることなくて思いきりヒマを持て余すことも許されるのである。(許されるのか?)

——とはいっても、この数日、すこしばかり仕事らしきことをしていないわけでもない。S社が以前に出版《だ》した単行本を文庫にしてくれるというので、そのゲラに目を通したりしている。俺は過去の作品にはほとんど手を入れない。だから文字通り、目を通すだけの作業である。手を入れないのはべつに作家としての信条とかではない。面倒臭いのである。それに時間を置いて作品に手を入れるのは、書き下ろした時点での自分を裏切るような、何かアンフェアな気もする。そういうわけで、ただひたすら旧作に目を通しまくるこの数日である。

文庫は短篇集なのだが、読みすすめるうち、何か古いアルバムを眺めているような懐しさを覚えた。

ここにある作品群を書いたのは、三十代のことである。三十代の、やはり今年のようなクソ暑い夏のさなかに書いたものである。読みかえしていくほどに、その頃の自分が、活き活きと目の前に立ち現れてくる。

その頃俺は東京阿佐ヶ谷《あさがや》の安アパートで、やはり今と同じ一人暮しをしていた。あの夏、これらの小説を書きながら見上げた窓向うの青空と、それを埋めつくしていたセミの声を思い出す。

そしてそれは、現在の俺が今こうして六階のベランダから見る風景と何もかわらない。青空も、セミの声も、かわらずここにある。

何もかわらない。

自分はどうか、と思ってみる。

俺もやっぱり、かわらない。かわりようもないのだろう。

あの頃かなしかった事は、いまもかなしい。

あの頃愛していたものを、いまも愛している。

そうして今でも俺は、なんとか世の中とつき合いながらも、やっぱり社会の外側で生きている。

それはたぶん人が口にするところの幸福とか不幸とかの外側で生きているということでもある。

――おまえみたいな妙なやつが、よくまあ、あれから今日まで生きてきたなあ。

三十代の自分が、今の俺に言う。俺はポリポリとまたノミに喰われた右の二の腕を掻いてみる。

Ⅲ

ゲラをパラパラめくったり、腕立て伏せをしてみたり、ちょっとちんこをさわったりしているうちに、ずいぶん外の陽《ひ》ざしはやわらかいものになった。エアコンで冷やされすぎた体をすこし外の空気にさらしたい気がして、俺はまたベランダ側に立ち窓を開けた。ネコがするりと寄ってきて、足元に体を寄せて座る。

六階のベランダからはこの町がよく見える。駅。商店街。バスターミナル。そして無数の住宅。

遠く川を挟んだ郊外に目を向ければ、バイパスに沿って、家電量販店、大型スーパー、レストラン、ファストフードなどの店々が建ち並んでいる。その向うには真夏のあおあおとした田園が広がり、それらすべてを静かに見つめるように、おだやかな山の稜線《りようせん》が長い弧を描いて連らなっている。三十年近く留守にしていたが、かわらないといえば何もかわらない、俺のフルサトである。

町が薄暮につつまれはじめる頃、俺はようやく外へメシを食いに出ることにする。買物と散歩も兼ねた、この日初めての外出である。このクソ暑い夏が始まってから一ヶ月ちかく、俺の生活パターンは、概《おおむ》ねこんなふうである。

ズボンをはき、ポケットにサイフをねじ込み、やや汗臭いアロハシャツをひっかけて、

「ちょっと出てくるからな」俺はネコに言う。

言いながらキッチンの棚《たな》を開ける。そこから何が出てくるのかを知っているネコは、もう、にゃごー、とかいってる。

「あんまり鳴くんじゃねーぞ」

好物の〈焼きかつお〉を与えながら俺はそう言いきかせる。ネコは俺のちぎってやるそばから〈焼きかつお〉をバコバコ食っている。ほとんど丸のみ状態である。

「すこしは噛めっ」

ひとつ怒鳴《どな》って、じゃーな、と俺は玄関を出る。

町なかの商店街を抜け、黄昏《たそがれ》の風をうけながら俺は川沿いの道を自転車で行く。近所の商店にはすまないが、俺は自転車で郊外の大型スーパーまで買物に行くのがすきだ。というより、その道のりがすきだ。車道を避けて、廻り道にはなるが、川沿いの田舎道をのん

びりいくのがいい。

空が広い。その広い薄暮の空には、もう気の早い星がまたたいている。

東京にはない空間。

そんなことを思う。

小説家として少し名が知られはじめ、経済的にもやや落ち着き、のんきに東京での一人暮しをたのしんでいたが、母親が病気をし、長兄が急死して、俺は生まれ育ったこの地方都市に帰ってきた。

三年前のことだ。

家族の誰が「帰ってこい」と言った訳でもない。なんとなく、もう帰る頃だ、という気がした。末の子であるのをいいことに好き勝手に生きてきた。もう帰る頃だろう、なんとなくそう思っただけのことだった。気がついたら俺にも、この町にも、ずいぶん長い時が過ぎていた。

自転車を漕《こ》ぎながら、ふと、実家で静養している母親に会いたくなる。同じ町に暮していながら、あまり実家に顔を出すことはなかった。

すぐ先に見えている橋を渡り、バイパスを横切れば、実家はすぐだった。俺は橋を渡り、バイパスに出た。〈洋服の青山〉という大きな看板がある。それを左折し、俺はバイパスと並行している国道に出る。黄昏の風をうけながら、しかしペダルを漕ぐ俺の足はしだいに重くなる。

母親は四年前甲状腺《こうじょうせん》の癌の摘出手術をし、手術は成功したものの、その後の経過があまりよくない。精神的にひどく不安定になった。実家に顔を出しても、無言のまま俺にいちべつをなげかけるだけで、そのまま一言も口をきかないでいるようなことも暫々《しばしば》だった。陽気で、世話好きで、常に家族の中心として存在していた母の姿は、もう今はなかった。

少し先でマクドナルドの看板がゆっくりと回転している。あの手前をまた左折した住宅街の奥に生まれ育った実家がある。

俺はゆっくりとマクドナルドの手前を左に入る。入りながら、やはり気が重くなる。母には会いたかった。だが会ったあとには、たいがい、俺自身が深いうつ状態におちていった。

住宅街に入る。路地の向うに古い実家が見えている。俺は曲がれずに、行き過ぎ、やがてまたバイパスに出てしまう。そしてまた洋服の青山で左折し、マクドナルドで左折し、路地の奥の実家の門を確かめながら、そこへ向かえずに、またバイパスに出る。

黄昏の風の中で、まるで惑星を周回する衛星のように、息子は母の廻りを、いつまでもさまよっている。

Ⅳ

「……何か食うか」傍《かたわ》らを車が走り抜けるバイパスを行きながら、声に出して呟いた。昼過ぎに起きて昨日とった宅配ピザの残りを食ったきりだった。

さて何を食べよう。俺は辺りを見回してみる。

この界隈《かいわい》で食事に困ることはない。フランチャイズチェーンの食べもの屋がズラリと並んでいる。チャンポン、カレー、牛丼、回転寿司からハンバーガーまで、千円あれば何でも食える。だから地元の人間はこの辺りを〈千円通り〉と呼んでいる。これは嘘《うそ》である。

少し考えたすえ、週に一度ほど顔を出す裏通りの喫茶店に行くことにする。ドライカレーがなかなか旨《うま》い。スープとマカロニサラダが添《つ》いてくる。ママさんは色白でぽっちゃりとしたちょっと色っぽい五十女である。一度アソんでみたいものだ、とかフラチなことを時々思う。ママさんもまたまんざらでもない様子をそれとなく俺に匂わせたりする。

が、いかんせん亭主がコワモテである。肩から背中にかけて見事な彫りものをしている。一度亭主が居る時に店に入ったことがある。亭主は上半身ランニングシャツ姿で、これみよがしに彫りものを露出して酒を飲《の》んでいた。いまは竜の入墨だと解るが、その時はどうしたかげんんか、カエルに見えた。

「それ、カエルですか?」と思わず尋ねてしまい、ものすごい顔で睨《にら》まれたことがある。ママさんは腹をかかえて笑ってた。

そんなママさんにはちょっとそそられるが、亭主の不慮の事故死でも待つしかない俺であった。

「なに? その腕の赤いポツポツ」

カウンターの向うからママさんが尋《き》く。

「ノミ」と俺はドライカレーを食いながら応える。

「ノミ?」

「ノミ」

「あー、いつかひろったネコちゃんの」ママさんは大きく肯《うなず》く。

「そ。いつかひろったネコちゃんの」俺は答える。

「あんたもタイヘンねー」ママさんはそう言って、オホホホホと笑った。

V

店を出ると外はすっかり夜になっていた。バイパスはヘッドライトの海である。少しネコが気になる。皿のドライフードは残ってたっけな、とか考える。近ごろは鳴き声もかなり野太くなってきた。腹を空《す》かしてあの声で鳴かれたら困る。

――帰るかな。

と思ってみるが、いつになく何かものさみしい気分である。母に会いたくて、会えなかった、そんなことが微妙なかげを心に落としているのかもしれない。なんだか人恋しかった。

バイパスの歩道に自転車を停《と》め、ケータイを取り出して、俺は松尾健一に電話を入れてみる。小学校からの友人で、のむ、うつ、かう、の不良設計士だ。しばらく呼ぶが、出ない。やつの行きつけの飲み屋にかけてみる。やがて店主のカズちゃんが出る。

「健一、来てる?」と尋《き》く。いや来てない、という。

ちえっ、という気分で、渡辺のぶゆきちゃんにかけてみる。遊びに行くと渋いジャズと旨いコーヒーをごちそうしてくれる友人で、すてきな笑顔を持っている。が、留守電になっている。

すこし意地になって文野真二という歯科技工士に電話をする。夕方工房へ出てきて、黙々と朝まで他人の歯を作っているヘンなやつだ。夜更けにたまに訪ねては、朝までくだらない話をしたりしている。

しかし出ない。もしかして俺はみんなにものすごく嫌われているのだろうかとか思いながらケータイをしまいかけると、コール音が鳴る。

松尾健一だった。ちょっと嬉しくなって出るが、叔父さんが死んでこれから通夜だという。またな、という。ああまたな、と俺も応える。

そーか通夜か。俺はケータイを畳む。通夜なら仕方ない。なにしろ通夜なんだからな。

俺は自転車にまたがり、ゆっくりと宵《よい》のバイパスを行く。

気がつけばいつの間にか空に月が出ている。

(あーゆーのは新月というんだったっけな)

と思ってみる。その新月が中天で上向きに細い弧を描いている。そのすぐ上に星が一個またたき、俺にはそれが、皿に置かれた一個のまんじゅうのように見える。

まんじゅう買って帰ろうかな、とか思ってみる。この数日珍しく旧作に目を通したりしているせいか、夜更けに甘いものが欲しくなる。脳のエネルギーは糖分だと何かで読んだことがある。だらだら目を通しているだけでも一応脳は稼働しているのだろう。結構なことだ。

ああそれにしても。

と俺は月を見上げて呟いてみる。東京の古いアパートであの作品たちを書いていたあの夏から、ずいぶんたくさんの時間が過ぎたものだ。そんなことがいつになく実感されてくる。

思えばあの頃はケータイなどなかった。あったかも知れないが、ごく一部の人の持ち物だったろう。それが今や子供でも持ってる。じじーも持ってる。俺みたいなアナログ野郎でも持たされてしまう有様だ。

世の中は変わりつづける。ただただ変わりつづける。変わる世の中に流されながら、人もまた変わっていく。

おだやかに平穏に暮す友人もいれば、人生をしくじってしまった友人もいる。

死んだ友人も。

自転車はバイパスを外れ、川を渡る。

帰郷して驚いたのは死んだ友人の数の多さだった。

東京でもやっぱり幾人かの友人の死を見てきた。

生きてることと、死んでいること。死ぬってなんなんだろな、とか思う。

死んだ彼らと生きているこの俺とは、一体何がちがうのだろう。

俺は自転車を停め、川っぷちの風の中で煙草に火をつける。

死んだ彼らには、もう時間というものがない。つまり、死ねば必要のないものが生きている身にはいやでもあるということは、時間は、生きている者を死まで運ぶために用意された乗りものなのだと、そのことが解る気がする。

そして世間で言うところの「幸福」や「不幸」とは、つまりこの「死」までを旅する「時間」という乗りものの乗り心地のことを言っているのだろう。

揺れると不幸だといい、快適であれば幸福だという。そしてその乗り心地ウンヌンのあれこれで我々の毎日は埋め尽《つ》くされているかのようにもみえる。

しかし敢《あ》えて言ってみるなら、人生など、つまりは、死という港までの移動手段ではないか。どうせいつか下りる船ではないか。その船が向っている港のことをこそ、もっと考えるべきではないのか。そして逆説的だが、そのいずれたどり着く港がわから目をこらして今日という日を見つめかえすことで、はじめて安心な乗り心地が得られるのではなかろうか。意味のある航海を送れるのではなかろうか。どうだろうか。


　この世は橋である。だから渡りなさい。

　そこに家など建ててはならない。


そんな古《いにしえ》のインドの言葉が思い出される。

オーケー。俺は俺の橋を渡ろう。

君は君の橋をゆけ。

インド人もびっくり。

ああ、そんな話を誰かとしたい。心と人生とインド人の話をしてみたい。

なのに松尾健一は通夜などやってる。そんなもののどこが面白いのか。ああべつに通夜は面白いからやるのではないのか。でも面白くないよりは面白いほうがいいのではないか。

ゴチャゴチャ考えているうちに、ジャスコに寄るのも忘れてキコキコとマンションへと帰りゆく俺であった。

VI

部屋へ帰るとネコがゴミ袋を掘り返して遊んでいた。辺り一面捨てた何やかやが散乱している。

「汚ねーことすんじゃねー、この馬鹿」ゴミ袋に半身を突っこんでいるネコを引っ張り出し、床におく。

「女の子のくせに、ったく」

散乱したゴミを拾いあげながらそんなことを言ってみるが、俺の声など無視してネコは何事《なにごと》もなかったかのように毛づくろいなどしている。ネコのこのシカトぶりにはいつも感心させられる。

俺は汗ばんだアロハシャツとズボンを脱ぎ裸になって風呂へ行きシャワーを浴びる。

（あ。買物忘れた）いまごろ気がついている。

水しぶきの中で、腕を伸ばし、俺は脱衣所に置いた煙草を取る。シャワーホースを低い方のフックに掛けて、タイルの上にあぐらをかいて、さながら滝に打たれる修行僧のように肩に水を浴びながら煙草を喫《の》むのがすきだ。
ベスト電器で買ったラジカセでボブ・ディランを聴きながらだともっといい感じだ。水が体を叩く音のなかに、あれやこれやと思考の断片が立ち現れては、通りすぎていく、そんな感じがすきだ。

——母は元気になってくれるだろうか。

——俺はこのさき良い小説が書けるだろうか。

——あの時どうして竜の入墨がカエルに見えたりしたのだろうか。

無秩序に現れては消えていくそんな思いのカケラを眺めながら、静かに煙草を喫む時間が、俺はすきだ。

そのうちふと、近ごろの自分の体の不調に思いあたる。あれは何なのだろう、と思う。
ふいに全身の筋肉が収縮していくような痛みを覚える時がある。雑巾《ぞうきん》を絞るように、何かに体をぎゅうとねじられるような感覚。やな痛みである。あれは何なのだろう。医者へ行けと言う友人もいるが、べつにいいか、と思っている。とりあえず生活に支障はない。

それに、仮りにどこがどう病んでいるにせよ、俺は病気とタタカうつもりはあんまりない。

病気に限らず、何事ともタタカうつもりがそもそもない。むろん人生はただ運命に隷《れい》従《じゅう》すればいいというものではない。しかしタタカうものでも、やっぱりない。

俺は思うのだ。人生は、そこにある出来事を一つ一つ消化して、消化することで、自分というこの土くれを死ぬる時まで耕しつづける運動にほかならないのではないか、と。

人生とは、つまり、
人生とは、つまり——

ああそれを一言で言えるくらいなら、誰も小説など書きはしない。

シャワー終り。

Ⅶ

真夜中。午前二時を過ぎる頃。今夜もマンションの周辺で酔っパライたちが騒ぎはじめる。

俺の住むマンションのすぐ裏手は、何のつもりか一大歓楽街である。料亭、キャバクラ、居酒屋、スナックなどがつくだにのように軒を連らねている。だからこの時間になると体内にしこたまアルコールを詰めこんだ男どもや女どもが、歌ったり、怒鳴ったり、ゲロったり、じゃれあったりしながら俺の部屋の下を行き交う。マッタキッテネー！ とフィリピン娘が客を店先で見送っている。うげー、と誰かが路地でモドす声がする。通りでは学生たちが意味もなく万歳三唱している。その傍らを五、六人の男たちが逃げる一人の若者を激しく追いかけてゆく。

みんな楽しそうだ。

そんな夜を眺めながら、俺は窓辺でぼんやり煙草をふかしてみる。空には星がこともなげにまたたいている。

俺はこの町で知り合った一人の娘を思い出す。

色の白い、華奢《きやしや》で目のおおきな、どこか悪戯《いたずら》っぽい顔をした娘だった。二十歳、いやもっと若かったかも知れない。言葉の語尾に必ず、ふふ、と肩をすくめるように微笑《わら》う癖があり、それがへんに耳に心地よく、愛らしかった。

冬の夜更け、煙草を買いに近くのコンビニに行った時、店の前に彼女は独《ひと》りで立っていた。それが彼女と会った夜だった。

店の壁に自転車を立て掛ける俺に、ふと目を向けた彼女が、白い息で、

「今晩は」と声をかけてきた。

その後もずっとそうだったように、彼女の顔はその時も微笑《ほほえ》んでいた。毛足の長い真白なロングコートの下に、胸元にギャザーの入ったサテン地の派手なドレスがのぞいていた。

「今晩は」と俺も笑って返した。

真夜中は人の心を近づける。ましてや狭い町だ。見知らぬ他人とのすれちがいざまの短い挨拶など、盛り場の近いこの界隈では普通のことだった。

「寒いね」そう一つ声をかけて、俺はコンビニへ入った。

「はい」と俺の背中に返事をくれて、そのあとに、ふふ、と無邪気《むじゃき》な声で彼女は微笑った。

煙草を買って出てくると、彼女はまだそこに居た。ふり向いて俺に微笑むと、

「タクシー、つかまらなくて」と言った。

「金曜日だからね」と俺はカートンで買った煙草を自転車の前カゴに放り込んで応えた。

「いいんです、べつに。つかまらなくても」彼女は白い息を吐きながら、そんなことを言った。その意味がよく解らないまま、俺はかるく微笑んで自転車に跨《また》がった。

「自転車、乗りたいな」彼女がいった。俺は顔を上げ、彼女を見た。

「自転車の後ろに、乗りたいな」彼女はそう言って、ふふ、と微笑った。

断っておくが、俺は、深夜の街角でサテンドレスの上にロングコートを引っ掛けて、おそらくは源氏名を持っているであろうような娘にそんなことを言われて鼻の下を伸ばすような人間ではない。スイッチが入れば人の倍ほどもスケベだが、通常スイッチは切ってある。この時もそうだ。

ただ、いま思えば、この時の俺は、言ってみれば年の離れた妹に何かをねだられている兄のような、そんな気分になっていた気がする。

「どこまで帰るの?」気がつけば俺はそう尋いていた。

「中町《なかまち》三丁目!」彼女は弾《はず》むように応えた。「三丁目の、NTTの向いのマンションです!」

なんだ、と俺は思った。すこし無理すれば歩いてでも帰れる距離だった。

「つまり、あれか」俺はややぎくしゃくする気持で口を開いた。「君が言わんとしていることは、つまり、この俺の自転車の後ろに乗ってみたい、と、そういうことか?」

「そういうことです」彼女は微笑った。

「乗れよ」

そうして彼女を後ろに乗せて、俺は深夜の大通りに自転車を漕ぎだした。

「夕子《ゆうこ》、っていいますっ、夕方の夕っ」不必要なほどの大声で彼女は言った。

「そんなデカい声ださなくても聞こえるよ。バイクじゃないんだから」

おまけに深夜の通りには行き交う車もほとんどなく、ときおりタクシーが追いこしていくくらいのものだった。

「私、お兄さんのこと、知ってます」彼女はつづける。「こないだ新聞の地方版に載《の》ってました。この町に住む小説家さん、って書いてありましたっ」

小説家さん、という言い方が可笑《おか》しくて、俺は笑った。

「小説家さん、って何でも知ってるんですか？」彼女が尋く。「何きいても、おしえてくれます？」

「――さあ、どうだろな」俺は答えた。

何か考えているふうで、少し黙ったあとで、「自転車、気持い――っ」彼女は叫んだ。

そしてマンションの下に着き、俺は彼女と別れた。俺と彼女の関りあいは、その一度きりのことだ。

「ありがとおー」とだけ言って、彼女はマンションのエントランスへ駆け込むように消えていった。

すこし経って、通りを帰っていく俺に、七階だか八階だかのベランダから身を乗り出し、手を振りながら「ありがとおーっ」と大声で礼をくりかえしていた。

彼女が自殺したのは、その数時間後の早朝のことだったらしい。夕方のローカルニュースで顔写真といっしょに報じられていた。

夜の街灯りから目を外し、俺は足元に座るネコを見る。ネコも俺を見上げている。そういえばこいつを拾ったのは、あの娘が死んだ一週間後くらいのことだった。そんなことがふと思われてくる。

俺は腰をかがめ、改めてネコを見つめる。ネコもやっぱり、俺を見つめる。

「そういえばお前、あの娘に似ているよ」言いながら、その白い頭を一つ撫《な》で、

「今度また、一緒に自転車乗ろうな」

俺はそんなことを言ってみた。

A DAY 2

I

シャワーを浴びていると、新年が明けた。

シャワーを浴びていなくても、たぶん新年は明けただろうと思う。

新年。

それがどうした。ただの一月一日じゃないか。

とかヒネくれたことを思いながら、俺は風呂場のタイルにあぐらをかいて、大音量でピンク・フロイドを聴いている。

ピンク・フロイド、アルバム〈ザ・ウォール〉を聴きながら、もう三十分ちかく、シャワーを浴びつづけている。

いい気分だ。

脱衣所からネコが、そんな俺をじっと見ている。

前足をきちんとそろえて、まばたきひとつしないその姿は、まるで貯金箱のようだ。

どーでもいいが、この馬鹿ネコは三度、湯舟に落ちた。

俺が風呂に入ると必ずバスタブのふちに座って、湯舟に身を浸している俺の肩を舐《な》めたりしていたが、ある時飛んでる虫にぴょんと飛びかかって、そのままバスタブにボチャンと落ちた。それが一度。二度目は、バスタブのふちに向ってものすごく遠くからジャンプして、勢い余って滑って落ちた。三度目は体を洗ってると、知らないうちに落ちていた。ものすごい馬鹿である。

ずぶ濡れになったネコの姿を、見たことがおありだろうか。

キレイに食べられたあとの、お頭《かしら》付きの焼き魚に似ている。

頭だけデカくて、そこにやせこけた貧相な体が付いている。

「おまえって、こんな痩《や》せてたの?」

とか言ってるヒマもなく、バスタブから救出されたネコはパニクって部屋じゅう水シブキをあげながら走り回る。壁に向って、おお〜〜ん、とか鳴きはじめる。目が完全にイっちゃってる。

逃げ回るネコをつかまえて、なおも暴れるそれを押さえつけて、タオルで拭《ふ》きーの、ドライヤーかけーの、だいじょブ、だいじょブ、とはげましーの、そんなことを二十分ばかり続けて、やっと毛はフカフカ感を取り戻し、ネコも正気を取り戻す。その間、こっちは濡れた素《す》っ裸《ぱだか》状態である。カトちゃんなら、エックショイッ、とやる所である。

拾って一年間のうちにそんな事が三度あった。

以来バスタブに湯を溜める事はせず、シャワーを楽しんでいる。もともとシャワー派だから、とくに不都合はない。

ネコは湯シブキの届かぬギリギリのポジションで、いつもこうして貯金箱よろしく、座って俺を見つめている。こんど大きな小判のオモチャでも買ってきて背中にくりつけてみよう、とか考えてみる。

そんないつもと変わらぬシャワータイムであったが、そこにいきなり、除夜の鐘。

ゴオオオオオン……

ピンク・フロイドの世界に入りこんでいた俺は、不意をつかれてすこし驚いた。思わずくわえていた煙草を濡らしてしまった。

〈ザ・ショウ・マスト・ゴー・オン〉

アルバム〈ザ・ウォール〉は、ここからの音の展開が実にファンタスティックなのである。グレイトなのである。それを堪能《たんのう》するはずのこれからであったが、近所の寺の鐘の音は問答無用にそこに介入してくる。

なるほど、今日は大晦日《おおみそか》か。

ちぇっ、と俺は濡れた煙草を目の前のタイルに捨てる。

シャワータイムは俺にとって小一時間のレジャーである。更に言えばトランスタイムである。

俺は坊主が滝に打たれる気持や意味が、このごろ少し解る気がする。

水、あるいは、お湯、といった不定形なものに身をさらしつづけると、確かに何かが自分の中から解放されていくのを感じる。ヒョイと思わぬ事に気づいたりもする。逆に気になっていた事が流れて落ちてマイナスイオンのシブキのなかに消えていく。

かように俺にとってのシャワーは大切なものなのである。

そこへ、ゴオオオオン。

高僧が心を込めて撞《つ》いてるというのならまだしも、この寺の住職と来た日にゃ町の者なら皆知ってる、とんでもないナマグサ坊主である。よからぬ噂《うわさ》を山ほど耳にする。

そのナマグサが、いったいどの面《つら》さげてエラソーに鐘など撞いているのか。

今年も葬式がいっぱいありますように。

ゴオオオオン。

お墓を潰して造った駐車場が儲《もう》かりますように。

ゴオオオオン。

女房と別れて早くアケミと暮せますように。

ゴオオオオン。


おおかたそんな所だ。

何をやってもいいが俺の至福のシャワータイムを邪魔するな、クソ坊主。

湯を浴びながら、あのテラテラ光るハゲ頭を縄文式土器で叩き割ったらさぞ面白かろうとか思う。だがパカリと割れたハゲ頭の中から同じ顔をした小さな坊主がいっぱい出てきたら、ちょっと恐いな。

無数のミニ坊主が行進しながら般若心経《はんにゃしんぎょう》をいっせいに唱えだしたら、どうしよう。

ピンク・フロイドで勝てるだろうか。

ああ神様、二度とジャスコで万引きはしませんからミニ坊主の般若心経だけはカンベンしてください。

とか考えているうちに、鐘がやんだ。

シャワーに背中を打たせながら、俺は新しい煙草に火をつけ、ゆっくりと煙を一つ喫《の》んだ。

そして考えた。

賭けてもいいが、数にして百八つは絶対に撞いてないと思う。せいぜい三十がいいとこだ。あのハゲ坊主はきっと面倒になって途中で止めてしまったのだ。

この町が毎年寂れていくのは、ヤツのこの中途半端な除夜の鐘のせいにちがいない。

Ⅱ

シャワーを了《お》え、携帯ラジカセを指に下げて、俺はリビングへ戻る。ネコがトコトコ連いてくる。

坊主に邪魔をされたピンク・フロイドが、心なしか渋々〈ザ・ウォール〉を続けている。一万円で買ったこの小さなラジカセは、なかなかの優れもので、この大きさにして実に豊かな音を出す。たいしたものだ。そのラジカセからピンク・フロイドを取り出し、コルトレーンのカセットを入れ、ＰＬＡＹする。

〈アフリカ〉。

コルトレーンの神への挑発のようなサックス音が俺の気分をいやがおうにも高揚《こうよう》させていく。

よし。

と俺はテーブルの上のマグカップを持ち上げ、冷めたコーヒーを飲み干して、窓辺の机の前に座る。机にはまだ何も書かれていない原稿用紙が置いてある。

俺は、いちおう小説書きである。旺盛に書いた時期もあったが、この数年はサッパリ仕事をしていない。したがってビンボーったれである。去年、過去の作品が映画化されてややまとまった金が入ったが、それももう底を尽きかけている。不安がまったく無い訳ではないが、まあ、こんなもんだろ、と思っている。人生、野となれ山となれ、という気分がどこかにある。じっさい、このスタイルで、人生の野山を生きてきた。鏡に映る自分の髪に白いものを見つけるようになったこの頃、とりわけ、野となれ山となれ感が、つよい。べつにステバチなのではない。言ってみるなら、帰依《きえ》に近い。

この一生、任せます、ということである。

誰に？

宇宙に。

また大仰な。

だが、そういうことなのだ。

宇宙なくして発生し得なかった俺という存在が宇宙に逆らってどうする。任せてしまうのがいちばん理にかなっている気がする。

しかし宇宙は、ただ任せてもそうそう面倒みてはくれない。

だから心というものが人間には備わっている。

宇宙の好物は、心、である。

逆に言うなら、宇宙の好む心以外に必要なものは人間には無いのである。

人間は、なるだけ己《おのれ》を虚《むな》しくしたほうがいいと思う。

宇宙がそれを望んでいるからである。

己を虚しくした心には、必然的に、自分のためのアレコレを外したぶんの空隙《くうげき》ができる。心はそのメカニズムとして空隙を持ったままでは機能できない。したがって空いたそこを他の何かで埋めるべく自《みずか》らを外に向かって開く。そこへ、たえず居場所を探して浮遊している〈利他心〉というイノチが入り込む。たえず居場所を探しているのは圧倒的繁殖力を持つ〈利己心〉に多くの場所を奪われているためである。だからその〈利己心〉を外して己を虚しくした心の存在を感じとると、よろこんで〈利他心〉はそこへ入り、宿る。

利他心。言い換えれば、他者への愛である。

この他者への愛を宿した心の生産こそ宇宙の仕事である。宇宙は愛を栽培する農園である。そのために人間が存在する。我々の身心は愛を発生させるための器である。エンドウ豆のサヤである。サヤは、あくまでサヤでなければならない。

しかしサヤもついつい周囲にいろんな楽しみを見つけてしまい、ときどき赤い顔で朝帰りしたりする。朝帰りは結構だが、図にのって、どんどん己を肥大させてしまったりする。肥大したサヤに、もう実はつかない。宇宙に摘《つ》まれて捨てられる。我々はこの人生に、あまり多くを求めないほうがいいと思う。

そうは言っても、メシも喰わねばならん。住む所だって必要だ。タノシイことだって、したいじゃないか。

確かに。

無と有のこのキシみ合う音が、つまり人生だ。

カミはこの音にじっと耳を澄ましている。たぶん。

——まあいい。俺はべつにクリスチャンでもブッディストでもない。

ブツクサ言ってないで、頼まれた原稿でも書くことにしよう。

ああしかし、レンタル屋で借りた映画も観たいな。

なんとか三十分ほどで五十枚くらい書けないものか。

昔、筒井《つつい》康隆《やすたか》がこんなことを言っていた。ネタに詰まったら、兵隊を並ばせて号令をかけろ、というのである。


「番号！」

「一！」

「二！」

「三！」

「四！」

「五！」

「六！」

「七！」

「八！」


とか言って番号をエンエンとつづけるのである。これは確かに行数を稼げる。更に、何番目かの者に番号を言い間違えさせるのである。

「十七！」

「十九！」

「馬鹿ものっ、もといっ」

そしてまた、

「一！」

「二！」

「三！」

「四！」……

とやるのである。

筒井、恐るべし。

とか不敬にも呼びすてで先輩の教えを引用しながら、俺もちょっと行数を稼がせてもらった。

しかしなんだかもう飽きてしまった。

借りた映画を観たい気分が疼《うず》く。

それに今日はやることがある。

今日、というのはつまり、夜が明けて、世にいう所の、元日、のことである。

幼なじみのヨシオを迎えに行ってやらなければならない。

入院しているのである。正月の一時退院が許されたので、付き添ってやるのである。

やつも俺と同じ一人暮し。

荷物もあるだろうに、松葉杖《まつばづえ》では不自由だろう。本当は昨日連れ帰ってやりたかったが、俺のほうで、ちょっとした集まりがあった。

ヨシオも明けてからのほうがいい、というので、そうすることにしたのだった。

「よし。映画を一本観て、今夜は寝るぞ」

机の上で消しゴムの匂いを嗅《か》いでいる馬鹿ネコにそう宣言して、俺はペンを置いた。

Ⅲ

結局、明け方の五時頃にベッドに入り、十時に目が覚めた。というより、悪夢に起こされた。桃太郎に路地裏に追いつめられて大量のキビ団子を喰わせられる夢だ。

何の味もしないキビ団子を喰いながら「キジやサルはどうしたの?」とかのんきな事を俺は桃太郎に尋《き》いていた。「あれは作りバナシだ」と桃太郎は答えた。(自分だって作りバナシのくせに)と、俺は思った。

そのうち桃太郎は高橋英樹《たかはしひでき》になり、「よし。食べたら返せ」と俺をあお向けにして、腹を踏みつけはじめた。

「違う、違う、高橋さん、俺は浅丘《あさおか》ルリ子だよ、重いよ、重いよ」としょうもない事を言っている自分の声で目が覚めた。

見ると馬鹿ネコが掛布団ごしに俺の腹部にズシリと乗っかって毛づくろいなどしている。重い筈《はず》だ。

「おまえかっ」と布団をハネ上げて、ネコを追い払った。

「ったく、もお」

俺は息を吐いて、まだ眠い頭でボンヤリ天井を見た。

「……約束の時間にはすこし早いが、用意して、ヨシオを迎えに行くか」

ベッドを下りて洗面所へ向かう。馬鹿ネコがトコトコ連いてくる。

Ⅳ

総合病院の敷地に入り、病棟へつづく緩やかな坂道を暫《しばら》く歩いていくと、ヨシオが玄関口にひとり居るのが見えた。自動販売機のそばのベンチに腰を下ろして缶コーヒーを飲んでいたが、俺に気がつくと、笑って手を振った。小ざっぱりとジャンパーなどを着ているから、もう退院手続きはすんでいるのだろう。右足の白いギプスが、ちょっと痛々しい。

「リュウちゃん、悪いね」

ベンチから俺を見上げてヨシオが言った。

「いいさ。暇だから。――雨、止《や》んでよかったな」俺は自販機にコインを入れながら言った。

「ああ。ほんとに」そう応えて、ヨシオはどんよりと曇った空を見上げた。「雨だの、雪だの、こんなに天気の悪い年末年始も珍しいね。俺にとって正月は、冬晴れの青空と、家々から斜めに突き出た日の丸なんだけどな」

俺は一つ微笑《わら》い、「まあな」と、ヨシオの隣に座り、缶コーヒーを開けた。

「——だけどおまえ、誰が待ってるわけでもない家に帰るより、ここに居た方が楽なんじゃないのか。そんな痛い足ひきずって帰ったって仕方ないだろ」

「うん。——でも急な入院だったから、店の冷蔵庫とかそのままだし。ちょっと整理しとかなきゃな」

「なーるほどネ」俺は応えた。

救急車が一台、敷地の入口でサイレンを消して上ってきて、そのまま建物の裏手に消えていった。それを目で追いながら、

「……こんな正月から救急車で運ばれる人もいるんだな」

ヨシオが言った。

「大変だな」

俺は応えた。

缶コーヒーを飲み干し、それを傍らのゴミ箱に投げ入れて、「俺さあ……」とヨシオが言った。「店、閉めようかと思ってるんだ」

俺はゆっくりと顔を回して、ヨシオを見た。ヨシオは続ける。

「——親父が死んで、なんとかかんとか、あの店つづけてきたけど、もうお袋も居ないし、別れた女房への送金も、去年で一応終ったし、このへんが潮時かな、と思ってるんだ。店の敷居につまずいて足折っちゃうなんて、笑っちゃうけど、これも一つのキッカケかな、って、病室のベッドでそう思ったよ」

「定食屋やめて、何するよ」

俺は尋いた。

「うんまあ……とくに何も考えてないんだけどな」

「だけどおまえ、俺らの年齢《とし》じゃ仕事なんか、もう無いぞ」

「そうなんだけどさ」そう言ってベンチの背に体をもたせると、「リュウちゃんはいいよな。やれる事があって」ヨシオはそんな事を言った。

「小説か？　儲からねえぞ。少なくとも俺の場合はな」

「いや、カネじゃないんだよ。やり甲斐《がい》、っていうかさ、そういうのがあっていいな、って思うんだよ」

「定食屋、やり甲斐ないか？」

「ないよ、そんなの。あんな小さな店。ただ注文されて、食いもの出すだけさ」

「おまえ、愛想ないからな」

「それは関係ないだろ」

ヨシオは笑って俺を見た。

「でも不愛想な割には、繁盛《はや》ってるよな」という俺に、

「べつに繁盛ってるわけじゃないよ。安いから来てるだけの客さ」ヨシオは応えた。

「あ。お客さんに対して、そういう言い方はよくないよ。ヨシオちゃん」言いながら、俺は飲み干した缶をゴミ箱に放り込み、「行くか」とヨシオの足元のバッグを持って腰を上げた。

「悪いな、リュウちゃん」ヨシオは自販機に立てかけた松葉杖を手にとり、玄関前の客待ちのタクシーに手を上げた。

V

「田中《たなか》が死んだだろ?」

車が走りはじめて程《ほど》なく、ヨシオが言った。さほど親しくはしていなかったが、田中もヨシオと同じ、幼なじみの一人だった。

「なんか、交通事故だってな」

　俺は窓の外を眺めながら応えた。

「……俺、あれは自殺だと思うんだ」ヨシオは俺を見ないまま呟くように、そんなことを言った。

「へえ。なんか心当りでもあんのか」

「いや。……ただ、死ぬ前の日、珍しく店に来てさ、ビール一本とって、それを長いことかかって一人で飲んでたけどさ、なんかその時のやつの姿を思い出すと、ハネられた、っていうよりも、やつの方から、ハネさせたんじゃないかって、なんかそんな気がするんだ」

「ふうん」俺は応えて、「だとしたら、ハネさせられた車の方も気の毒だな」そう言った。

「まあ、そうだよな……」とヨシオ。

「田中、って、何やってたんだっけ」

「市役所に勤《で》てたんだけどね。生活保護の査定みたいなの担当してたらしいんだけど、なんかヤクザみたいなのが脅しかけて来るらしいんだ。なんでオレに給付金出ないんだ、みたいな感じで。なにしろ生活保護の申請にベンツで来るんだからなあ。市としては認めるわけにはいかないし、向うはスゴんでくるし、その最前線に居たのが、田中なんだ」

「田中が、店でそんな話したの？」

「いや、これは高野《たかの》から聞いたんだけどね。あいつ、田中と仲良かったから。店では、ほとんど何も話さなかったな。黙って、ビール飲んで、そのあとミソ汁くれ、って言うから、出して。ああ、思いだした。あいつが最後に言った言葉は、ヨシオ、おまえのミソ汁、うまいな、ってひと言。それだけだよ」

「泣かせるな」

俺はヨシオを見た。

ヨシオは何も応えなかったが、ゆっくりと車の窓に顔を向けたあとで、「……子供の頃は、みんな同じものを見て、同じことに夢中になって、同じことに笑って。なのに一人一人違う終り方をするんだな」

そんな事をいった。


車はバイパスに乗り、初売りでにぎわう大型店舗を窓向うに見せながら走っている。

「ほんとに定食屋、やめんのか」

病院の玄関口での会話をふと思い出して、俺はヨシオに尋いた。

「うん、――そうしようと思ってる」ヨシオは応えた。

「そうか。じゃ、センベツ代わりに教えてやる。田中の言い草じゃないけど、俺も、おまえのミソ汁、好きだよ」

「ありがとう」ヨシオは窓に向けた横顔ですこし微笑った。

「お世辞じゃないぜ」

「うん、わかってる。——図にのって言うわけじゃないけど、あれで、それなりにいい味《み》噌《そ》使ってるんだ。出す以上は、やっぱりね、美味《おい》しいもの出したいから」

「おまえの厚焼き卵も、なかなかのもんだよ」

「あはは。リュウちゃん、定食に必ず一品、タマゴ焼き添《つ》けるもんな。——あれもね、農家に頼んで、卵、分けて貰《もら》ってるんだ。だしだって、まあ俺なりにいろいろ工夫してみたのさ」

「おまえ、昔から料理すきだったもんな」

「うん。——きっと、人が喜んでくれるのが自分で嬉しいんだろうな。門前の小僧で親父の料理を子供の時から見てただろ。その頃から、頭の中で、いろいろ親父とは違う味つけを考えたりしてたな。——まあ所詮《しょせん》はチンケな定食屋だけどさ。でも肉だって、野菜だって、そこらへんの高級料理店に負けないくらい、いいもの使ってんだぜ」

どこか照れたような横顔で、ヨシオは言った。

「それであの値段じゃ、合わないいな」

「うん、まあ。――でも、あんなもんだよ。たまにさ、勉強も兼ねて外でメシ喰ったりもするけど、この食材と、この味で、なんでこんな高い金とれるんだ、って思うもん。――料理屋だけじゃないぜ、今の時代、右見ても左見ても、みんな他人からカネむしり取る事しか考えてないんだよ。それで勝ち組だの負け組だの、人生の価値は金儲けかよ、って思うよ。昔はもっと、情とか、感謝とか、弁《わきま》える気持とか、そういうのが人間を支えてたと思うんだけど、そんなもん、もう絶滅しちゃってんだ、この国は。俺、もうこんな世の中から、いちぬけた、って気分なんだ。リュウちゃん、解る？　このへんの俺の気持」

「ちょっとわかる」俺は応えて「ねえ、運転手さん、これ禁煙車？」と前のオッサンに尋ねた。

「いーすよ、どーぞ」とオッサンはルームミラー越しに俺を見て微笑うと、「市街地に入りましたけど、どっちいきましょう？」と尋いた。

「えびす通りの奥なんだけど、車入《はい》れないから、信用金庫の前でいいっす」

「了解」

ナイスなオッサンは応えた。俺はシートの背もたれにもたれ、煙草に火をつけ、深々と有害な煙を喫んだ。

Ⅵ

通り沿いの信用金庫の前でタクシーを降り、隣のパチンコ屋との間の露地へヨシオと入っていく。商店街へつづく古いこの露地は、この町が栄えてた頃の名残りの、風情のある石畳がぜいたくに敷きつめてある。

迷路のように枝分れする小道は、〇〇小路、〇〇横町、など《なご》と呼ばれ、アーケードの商店街に寄り添いながら、百店舗ほどの広がりをみせる。

ヨシオの杖を突きながらの歩行に合わせて、俺たちはゆっくりと、昨夜の雨が所々に残る石畳の上を進んでいった。

老舗《しにせ》の料亭の前を右へ曲がり、角の寿司屋を左に折れて、スナック、うどん屋、一杯呑み屋などの建ち並ぶ細い道へ入る。ヨシオの少し疲れた様子が、俺の肩に置いたやつの手のひらの重みでわかる。

「すこし休むか?」俺は尋いてみる。

「平気だよ」とヨシオは俺を見て応える。

「――子供の頃さ、公民館の裏の山で、俺が古クギを踏んづけて、こんなふうにおまえの肩につかまって家に帰った事があったっけな」

「あった、あった。リュウちゃん、足の裏から血イだらだら流しながら走り回ってんだもんな」

「みんなに、血が出てるよ、って言われて初めて、痛みを感じたんだ。人間ってヘンなもんだな」

「ほんとだな」とヨシオは微笑い、「何も気づかないで、感じないで、一生終れば楽だろうな。死んではじめて、ああ、あんな辛《つら》い事があったのか、って気づいたりしてさ」そんなことを言った。

「まあ、そうもいかねえよ」

やがてヨシオの店がT字路の正面に見えてきた。

ふいにヨシオの杖の音が止んだ。

俺も足を停めた。

ヨシオを見ると、店の正面のガラス戸を、じっと見ている。

「どうした？」俺は尋いた。

「……うん、なんかヘンな感じがするんだけど」

「何が」

「よく解らないけど、なんかヘンな……」

と言いかけた所で、あ、っとヨシオが声を上げた。「貼り紙が汚されてる」ヨシオが低い声で言った。

それは俺も目にしたことのある、入院する際にヨシオが自分でガラス戸に貼った、休業の知らせを書いたものだった。

〈入院治療の為、暫く休業致します〉

大きな紙の中央に、ヨシオらしい律義《りちぎ》な字でそう書いてあったのを思い出す。

その文字の周りの余白の部分が、なるほど、ヨシオが言うように、なにか汚なく汚されているように見える。

ヨシオは俺の肩から手を離し、杖を突きながら、ゆっくりと進みはじめた。その横顔が、すこし紅潮して見える。

「落書きなんか、しやがって」

怒気を含んだ声でそうつぶやくと、ヨシオの歩調は次第に速いものに変わっていった。カツン、カツン、と石畳に響く松葉杖の音が小刻みなものになっていく。ヨシオは、ほとんど走るように店へ向っていった。

「落書きなんか、しやがってっ」

ヨシオは駈けながら叫ぶように言った。

「ヨシオっ、馬鹿っ、走るなっ、滑るからっ」

と俺が慌てて後《あと》を追おうとした時、杖が滑り、ヨシオは店の手前で、半身をねじるようにして、はげしく転んだ。ゴン、と頭を打つ鈍《にぶ》い音が、無人の露地に響いた。手を離れた松葉杖が、入口のガラス戸まで転がった。

駈け寄って半身を起こしてやると、意識はあった。

大丈夫か、と言うと、ヨシオは、うん、とだけ肯いた。

転がった松葉杖を拾いにガラス戸の前へ行くと、正面に貼り紙があった。

俺はそれを見た。

ヨシオの言うように、たしかにそれは、落書きには違いなかった。入院した店主に宛てた、客たちからの、落書き、だった。

〈オヤジ！　早く元気になってくれっ！　ここのカレー、最高！〉

〈一人暮しのOLです。仕事の帰りに、ここで食事をするのが一日の楽しみでした。早く元気になって下さい〉

〈運送業のものです。商店街へ配達にきた時はいつもここで食事してます。退院が待ちどおしいです！〉

五十人、あるいはそれ以上の客たちのメッセージが、そこにあった。

「ヨシオ、読んでやろうか？」

俺は言った。

「……いいよ。ここから、読めるから」

石畳の上に座りこんだまま、ヨシオは言った。

元旦。

A DAY 3

I

世界は死で成《で》きている。

それが解った気がした。

死とはつまり、見えないものの総体のことだったのだ——

俺はぼんやりそんなことを考えている。

遠くに星が瞬《またた》いている。

呼吸が思うようにならない。

頭の中で炭酸が弾《はじ》けるような奇妙な音がする。音はそのまま激痛となって俺の全身を疾《はし》りぬけていく。

とてものを考えられるような状態ではない。

にもかかわらず、とくに関心を持ったこともないそんなことを、俺はいま考えている。考えが勝手に頭のどこかで発生して、それから目を背けることができずにいる。死というものの正体がしだいに理解されてくる感覚。そして生と死との間に横たわる途方もない距離が見えてくるような、そんな感覚——俺の頭の中で、何かがそれを言葉にしている。

生死、と人は並べて口にするが、生と死は同位のものではけっしてない。

生は死という広場に通じている通路にすぎない。そのことが、いま、よく解る。

我々のもっともかなしい錯誤は、この通路を通路と知らず後生大事に飾りたて磨きたてることを人生の意味と感じてしまうことだ。

時間というものの存在がそうさせるのだろう。

生の時間が多くの場合数十年というのに比して、死は、最後の一瞬にすぎないかにみえる。

だがそんな一瞬など実は存在しない。

時間は生の持ちものであり、死は時間を持たない。更に言うなら、時間は生を置く器として死が設定する仮象にすぎない。

だから死は、我々が時間の外に踏みださない限り我々には見つけられない。そして人間は時間に巣くう生きものである以上、時間、つまり、いまある日々こそを存在の全たる現象として生きてしまう。

時間の外がいかに広大で豊かなものであるかを、もしかしたらそうであるのかも知れないことを、想像することすらせぬまま——

俺は一体なぜ、いま、こんなことを考えているのだろう。

五十九になるこの齢《とし》まで考えることもなかった、こんなことを。

——死にかけているからか？

俺は思った。

町外れの、川べりの土手の草の上に仰向《あおむ》けになったまま、思いもかけず真夜中にひとり、死んでいこうとしているからなのか？

II

ほんの二十分だ。

時間にすればほんの二十分前まで、こんな様《ざま》になるとは思いもよらなかった。

俺はしだいに虚《うつ》ろになっていく思考の中で、この半日を振り返ってみる。

友人とゴルフを楽しんだあと、経営する自分の会社に顔を出し、常務以下を並ばせ、声を荒らげて彼らを怒鳴りつけた、あれが午後七時くらいだったろうか。

怒鳴った理由が何だったのか、いまは思い出せない。頭痛と、吐き気と、動悸《どうき》と痺《しび》れが全身を覆っているいまは、思い出す気にもならない。

九時過ぎに、面倒をみてやってる女の居る店へいき、少し飲んだあと、女を誘い出して行きつけのホテルで二時間ほどを過ごした。

店に戻るという女と街角で別れたのが、もう午前〇時近かっただろう。すこし空腹を覚えて、タクシーを拾い、郊外の馴染《なじ》みのそば屋に向った。そこで腹を充《み》たしながら、話し好きな店主と、またしばらくの時間酒を飲むことになるだろうと、俺は車中でケータイを出し、自宅へ電話を入れた。五度、六度とコールするが、出ない。いつもの事だ。妻が起きているのは分っている。俺からの電話だという事も、妻には分っている。俺からの電話にすぐには出ないその事が、妻の俺に対するささやかな抗議の言葉なのだ。酒と女とゴルフとギャンブル三昧《ざんまい》の、俺への怒りなのだ。

それで何が悪い。人並以上の暮しが出来ているのは、誰のおかげだと思っている。妻は出ない。八度、九度とつづくコールに俺は苛立《いらだ》ちを覚えはじめる。切ってしまいたい衝動をかろうじて抑える。電話一本でもとりあえず入れておけば、帰宅した時の妻の表情が、多少は違う。連絡もなしに帰宅した時の、あの陰気臭い顔を見るのはまっぴらだ。

十度目のコールで、妻はやっと出る。

仕事で遅くなる、俺はそれだけを告げて、逃げ出すように電話を切る。深夜の帰宅も朝帰りも、俺には日常茶飯の事だった。

不摂生と言われようが、俺には自分の肉体への盲目的な信頼があった。事実初対面の人間のほとんどは俺の年齢を四十代後半か五十そこそこに見立てた。

学生時代にラグビーで鍛えた筋肉はいまだ張りを失っていなかったし、気持の面でも老けこんでなどいなかった。五十九にしてなお、酒も女もギャンブルも存分に楽しめた。

ただ、いま思えば、そば屋へ向う車の中で煙草に火をつけた時、一瞬、それまで感じたことのない不快な感覚があった。

煙が固形物のように喉にひっかかり、かすかな嘔吐《おうと》感を覚えた。

二息ほど喫《の》んで、俺は煙草を消した。あれは、予兆だったのか。

俺は、川べりの草の上で星を見上げながら思った。

運転手にチップを弾み、車を待たせたまま、俺は店に入った。それが二十分ほど前の事だ。

焼酎《しょうちゅう》を飲み、出されたそばに二口ほど口をつけたとき、また吐き気を覚えた。同時に、胸部が、何かにわしづかみされるような痛みを感じた。

心臓が激しく脈うっている。

……なんだ？

突然の経験のない体の異常に神経がパニックを起こしかけていた。ひたいに手をやると、粘り気のある汗が噴きでていた。俺はカウンターに箸《はし》を置いた。その手が、わずかだが震えているのが自分で解った。

大丈夫ですか？

俺より一回り歳下の店主がカウンター越しに俺の顔を覗《のぞ》きこむ。

ああ……ちょっと、調子わるいみたいだな。

応えながら財布を出し、千円札を数枚置いて、腰を上げた。悪いな、また来るよ、という自分の声が、どこか遠くから聞こえる気がした。

ほんとに、大丈夫？

店の玄関まで見送りに出てきた店主に、背中を向けたまま、ちからなく手だけを上げて応えた。

待たせていた車に乗りこみ、数十メートルほど走った所で、吐いた。

停めてくれ……

俺は運転手に言った。車は左に寄せられ、静かに停まった。

……病院、行きましょうか？

戸惑《とまど》うような顔で、運転手が言った。

いや、いい、と俺は応えた。

窓に目をやると、水銀灯の明りが橋の欄干《らんかん》を照らし出していた。

――川か。

俺は思った。

「……すこし歩くよ。風に当りたい」

口にしてみると、それが一番自分のしたいことだと解った。閉ざされた車内でのエンジンの音や震動が、いまの自分には拷問《ごうもん》のように思われた。広々とした静かな場所に身を置きたいという本能が自分を急《せ》かしつづけていた。

待ってましょうか？

という運転手の言葉にも首を振り、大丈夫だ、そう応え、後部座席から万札を二枚差し出した。汚したシートの掃除代も含んでのつもりだった。

車を見送り、俺は川べりの石ころ道をちからなく歩きはじめた。川面《かわも》から吹き上げてくる風が、わずかに心地いい。川の向う岸に、さっきまで遊んでいた街灯りが、遠く見えていた。

俺は自分が、一瞬微笑んだ気がした。そしてそのまま、精《せい》も根《こん》も尽き果てるように、夏草の生い茂る土手の斜面に転げ落ちた。ねじれるように倒れ込んだ体を、なんとか仰向けに戻し、そしていま、ひとり真夜中の空を眺めている。

心臓は激しく打ちつづけ、頭の奥に微《かす》かな痺れが、広がっていく。止まぬ吐き気と目眩《めまい》の中で、すこしずつ自分の体がたよりないものになっていくのを感じる。裂けた砂袋から砂が落ちていくように、自分という存在が、どこかへこぼれ落ちていくようだった。

思うように空気が吸えない。

陸にうち上げられた魚のように、俺は自分の呼吸がひどくせわしないものになっているのに気づく。吸っても吸っても、空気が足りない。ゆっくりと閉まっていく門のように、空気が自分の体から閉めだされていく。

奇妙なことだが、そんなふうに肉体が閉ざされていくにつれて、意識が解放されていくような不思議な感覚をおぼえた。

痛みや息苦しさが、すこしずつ意識と距離を取ろうとしている。

いや逆かも知れない。

意識が痛む体を置き去りにして、いま、どこかへいこうとしているのかも知れない。それが、つまり、死というものなのか。俺は思った。

肉体の微《ちい》ささを感じ、意識の巨大さを感じた。

そして、――ああ。世界は死で成《で》きていたんだな。

およそいままで考えたこともない、そんなことを思ったりしている。

ふと感じるものがあり、俺はゆっくりと首を横に向けた。

いつからそこに居たのか、気がつけば一人の少年がそばに座っていた。

半ズボンから伸びた細い足を立て膝《ひざ》にして、黙ってじっと遠くを見ている。

その横顔は闇に隠されていて、表情をうかがうことはできない。

ただ身につけた半袖の白いシャツだけが、真夜中の闇にうかびあがっていた。

俺は草の上に横たわり、首だけを向けたままの格好で少年を見つめつづけた。

少年は俺を見ようとはせず、いつまでも黙って遠くを見ている。

その静けさが、俺を落ち着かせた。

真夜中の川べりの土手に、半ズボンの少年がいつの間にか自分のそばに座っている、その奇妙さを、とくに奇妙とも思わず、川面からの風が運んでくる草の匂いと同じ、ごく自然なこととして、俺は少年の存在を受けとめ、そして見つめていた。

少年はたぶん、そこに居るべくして、居るのだった。そのことだけが解る気がした。

何かに驚く余力すらもうない肉体が、そう思わせているだけなのかも知れなかった。

傍《はた》から見る者があれば、おそらくは苦痛にあえぐ死にかけの男に見えただろうが、俺の意識は、なぜか静かに落ち着いていた。

その落ち着きの中で俺は、思うでもなく、いつからか、子供の頃の或《あ》る夏の日のことを思い出していた。

――そうだ。あれは、この川だった。俺は思った。

この川の、それも、ちょうどこの辺りに居たのだった。

Ⅲ

俺の世代は、言われている所の、団塊《だんかい》の世代、というやつだ。

子供の頃は、当時のこの国のおおかたがそうであったように、この町もまた、山に囲まれ田畑ばかりがどこまでも広がるような、何もない農村地帯だった。

俺の生家は、ここからは少し距離のある川向うの町なかにあったが、九歳で自転車を乗りこなすようになってからは、この辺りも俺や仲間たちの遊び場になった。

そう、あれは一緒にノっちんや竹蔵《たけぞう》がいたから、たぶん九歳の時のことだ。

あの頃、この川の両岸は、まだ切り拓《ひら》かれる以前の丘陵地帯で、様々な樹木が密生し、土手から川面が見えないほどに生い茂っていた。

そのジャングルのような感覚が面白くて、ここに基地をつくったりしてよく皆で遊んでいた。岸から川面に大きく枝が突き出た高木は見張り塔で、必ず仲間の誰かが、絡み合った枝に身を潜めて辺りを見張っていた。

何を「見張」っていたのか、と考えてもよく分からない。よその地区の子供たちの侵入を、だったのか、それとも大人が基地に近づいてくるのを、だったのか。多分そういうこともあったのだろうが、言ってしまえば、見張る、という行為それ自体が、子供には面白かったのだ。

その見張り塔からあれを見つけたのは、たしか竹蔵だった。ヒョロリと痩せた乾物屋の息子で、俺の一番の友達だった。

その竹蔵が、「木箱が流れてくるぞっ」と突然大声を上げた。その声に下で遊んでいた俺たちは見張り塔の竹蔵を見上げた。

木箱？

と誰かが気のない声で尋《き》き返した。一瞬の緊張はあったものの、べつに大声を出すほどのことでもないじゃないか、と俺たちは思った。竹蔵の次の言葉を耳にするまでは。

「中に仔犬が三匹いるっ」

Ⅳ

俺たちは走った。

仔犬を入れた箱が川面を流されていく——

そんな面白い出来事に走り出さない子供などいない。少なくとも当時はそうだ。それは山でヘビに出くわした時の昂揚感とほとんど同じだ。ちがうのは、ヘビはさんざん甚振《いたぶ》られた末に殺され、仔犬は助けられるということだけだ。

この時俺たちにあったのも、助けなきゃ、ただそれだけの気持だった。命の尊さとかを感じていた訳でもなく、それはただ、〈川を流れる仔犬を助ける〉という遊びが俺たちに始まっただけのことだった。

木々と雑草の生い茂る川べりを、流されていく箱を見失うまいと、俺たちは我を忘れて走った。

草をかき分け、枝に顔を叩かれ、切り株につまずき、起き上がっては、また走った。

箱はどんどん下流へ流されていく。倒木を飛び越えてジャンプした時、一瞬、箱の中にたよりなく身を寄せている三つの小さな生きものが見えた。

その時、俺のなかで、箱を追いかけることの意味が微妙に変化した。

思い出すことがあった。

当時、俺の家でも犬を飼っていた。

仕事から帰ってくる父のあとを人なつこく自宅までついてきて、そのままウチで飼うことにしたメスののら犬だった。

やがてその犬が五匹の子を産んだ。俺は小学校から帰ると、あきずにその小さな五匹の仔犬を見ていたが、産まれて三日目あたりだったろうか、仔犬たちは居なくなっていた。尋ねる俺に、知り合いに貰ってもらったのだと母は応えた。だがその知り合いが誰で、どこに住んでいるのかは、何度尋いても母は口にしなかった。

こうやって捨てたんだ、

俺は川面を流れる木箱を追いかけながらそのことが突然解った気がした。

あの頃犬や猫の仔をこんな風に処理することがよくあった。

こうやって、あの仔犬たちを殺したんだ、

子供心に噴き上がるような怒りを、全身に感じた。

他の仲間が疲れを見せ始める頃になっても、俺はなおも必死で川面の箱を追いかけつづけた。

いつか涙が出ていた。

その涙で視界が塞《ふさ》がれ、俺は突き出た岩に足を掛けてしまい、はげしく転んだ。生い茂る夏草のおかげで大した痛みはなかったが、転ぶ時無意識に体を腕で庇《かば》ったのだろう、気がつくと左手の甲が地面から突き出た岩の角で深く抉《えぐ》られ、白い肉が見えていた。後につづいていた仲間の一人が、草の上に点々と落ちている俺の血を見つけ大声で何か呼びかけてきたのを憶《おぼ》えている。俺はかまわず、そのまま仔犬たちを追いつづけた。

もうすぐ堰《せき》がある。

そのことが俺には解っていた。どこかで何かに引っ掛かるか、川岸にうち寄せられるか、そんなふうに箱の動きが止まることを期待しながら追いつづけてきたが、もうそんな期待は持てなかった。

下流にいくにつれて川幅を増した流れのその真ん中を、箱は次第に加速しながら流されていく。そしてその先に、数メートルの段差を持った堰が待っていた。

俺は足を速め、横目に箱を追い抜き、その追い抜いた距離が待ち受けるに充分と思った時点で、川に足から飛びおりた。深さは大したことがないことを知っていた。

俺は胸元まで水に浸りながら、必死で川底の土を蹴《け》り、水をかきわけ、箱を受けとめられる場所まで川中を走った。

結果を言ってしまえば、間に合わなかった。箱は、堰におちてしまい、三匹の仔犬は水中に放り出された。

一匹はそのまま浮かんでこず、一匹は小さな腹を見せながら流されていった。

俺の手に、茶と黒のブチの一匹だけが残った。水中から首を出してもがいているその一匹の小さな後足を、俺はなんとかつかまえることができた。

岸に上がり、胸に抱くと、抱いている俺の体までゆれてしまうほどに、それは震えていた。

……あの犬に、会いたいな……

俺は思った。

V

俺は、もう死んでいるのかもしれない。

真夜中の、町外れの川べりの土手に寝たまま、そんなことを考えた。呼吸をしている感覚が、もうなかった。

少年はずっとそばに座っている。座って、俺を見ることもなく、ただ横顔だけを見せて、黙っている。

その少年を見つめながら、俺はいつしか自分に呟きはじめる。

――考えたら、だらしのない人生だった。

親父の遺《のこ》した会社を若いうちに継いで、社長とは名ばかりで、ろくに会社へ行く事もしなかった。親父の代から仕えていた常務が健在なのをいいことに、任せきりで、遊んでばかりいた。

その常務を今日怒鳴りつけたっけ。何に怒ったのかさえ憶えていない。昼間のゴルフのスコアが悪かったのが癪《しゃく》だったのか。きっとそんなところだろう。

考えたら、あの人ももう、七十を過ぎてるんだな。俺がこんなだから、いつまでも引退もできないでいるんだろうな。子供の頃から、ぼっちゃん、ぼっちゃん、って年の離れた兄のように俺を可愛がってくれた人なのに。その人を、皆の前で、口汚なく罵《のの》ってしまった。あの人は、どんな気持でいただろう――

俺は傍らの少年に語りかける。

――いまさ、子供の頃のことを思い出してた。仔犬を助けられなかった時のことさ。一匹はなんとか、助けたけどね。

あの犬、竹蔵の家で飼って貰うことになって、俺もよく遊びにいっては、散歩に連れていったりしてたけど、――竹蔵の家、あの二年後くらいに引っ越してしまって、

……あの犬、どうしただろうな、

いくつぐらいまで生きたんだろ……

俺のこと、憶えていたかな……

……五十九になる今日まで、いろんなことをしてきたようにも思うけど、この人生で、俺のやったことは、あれだけじゃないかという気がするよ。ささやかでも、一匹の仔犬をあいした、それだけなんだ、たぶん……

きっと、もっと、たくさんのものを、あいせたはずだったのに――

俺は少年を見た。

その横顔は、闇に隠されて判然としない。だが、少年の、ひざに置いた左手の甲の痛々しい傷跡に、俺は早くから気づいていた。それは俺の左手の甲にいまでも薄く痕《のこ》っている傷跡と、同じ形をしていた。

「ねえ、君は――」

と声に出して言おうとしたとき、ふいに視界が狭くなり、意識が遠くなった。

VI

眩《まぶ》しさに目が覚めた。川向うの山の稜線から半分ほど姿を見せた太陽が、俺の顔をあかく照らしていた。

一度。

二度。

三度――俺はゆっくりと深い息をした。

あれほどのひどい状態だった自分の体は、こうして土手の草の上に横たわっている限り、正常な状態をとり戻しているように思われた。

俺はもう一度、深い息をした。それから、昨夜のことを、思い出してみた。

少年は、もう居なかった。

幻覚を見たのだと思った。朝露に濡れた土手の草の穂が、少年の小さな尻と二つのシューズのあった部分だけかすかに沈んで見えるのは、きっと俺の気のせいなのに違いなかった――

＊

以上はFさんが私にしてくれた話である。私はFさんが私に語ったことを、そのままここに書いた。

「ヘンな話でしょ？」

Fさんは話し終えると、そう穏やかに私に微笑《わら》った。

そして、「他人に話すのは、リュウさんが初めてなんです」とそう言い足した。私が小説を書いたりしている人間だから話しやすかったのかも知れない、と私は思った。

Fさんはこの体験のあと、常務さんとその息子さんに会社の全権を譲り、自分は町外れに土地を買い、そこで小さな喫茶店を始めた。私は週に一度ほど、その、狭いが居心地のいい店に通う常連客の一人である。

私は以前のFさんの暮しぶりは、もちろん知らない。ただ時折店で居合わせるFさんの古い友人という人などの話をきくと、かなり派手な生活をしていた人だったらしい。いまの私の知るFさんとは、真逆の暮しぶりだったようである。

「何か転機があったんですか？」

店に二人だけのとき、私は、小説書きの好奇心からFさんに尋ねた。

「いやべつに、何があった、って訳でもないんですけどね」

そう言って、少しのためらいを見せながら、先の話を語ってくれたのである。

「ヘンな話でしょ？」

そう微笑って、いつものようにサービスの二杯目のコーヒーをカウンターに出してくれた。

それからカウンターの向うに腰を下ろし、静かに煙草に火をつけると、「……人間、ってのは、あれなんでしょうね、何かから借りた奨学金でこの世界に留学してきた、学生のようなものなんでしょうね」

ひとりごとのような調子でそんなことを言った。

私は黙ってFさんを見た。

Fさんはそれきり何も言わず、静かに煙草の煙をくゆらすだけだった。

「そうかも知れませんね」

とだけ私は応えた。

A DAY 4

I

朝はT・レックスだ。

すでに時計の針は午後の一時を指し、太陽は空の高くに昇りつめているが、目ざめたときを勝手に朝と呼ばせてもらえるなら、朝の起きぬけは、T・レックスに限る。

〈ゲット・イット・オン〉の地を這《は》うようなベースがまだぼんやりする俺の脳味噌に心地よくしみこんでくる。三小節このリズムで脳味噌をほぐされた頃、四小節目から入ってくるドラムとともに曲は軽やかに飛翔《ひしょう》し、俺もまたベッドから離陸する。〈チルドレン・オブ・ザ・レヴォルーション〉で顔をザブザブ洗い、〈テレグラム・サム〉でシャコシャコ歯ブラシする。〈メタル・グルー〉で煙草に火をつけ窓辺に立てば、なんだか人生、すべてがラブリー。

「今日も一日、だらだらするぞ」俺はボランの音に、そう宣言する。

マーク・ボラン。退廃の華。その耽美《たんび》な音の連らなりは、日々を怠惰に生きるこの俺にエールをくれる。〈そうだとも、ブラザー、怠惰に生きるがいい、人生を小賢《こざか》しい意味で塗《ぬ》りたくるような下品な真似はするもんじゃない〉

ボランのギターリフは、俺にそう言う。

そんな俺は、地方在住の、ろくに小説も書かない中年小説家である。たまに振り込まれるささやかな印税で奇跡的に生きている。去年の収入は二〇〇万もなかった。

ついでに言うと、そんな低額所得者に、行政は国民健康保険の支払いを年間三十万円以上も課してくる。市県民税と併せて五十万近い支払いを求められる。マンションの家賃が年間八十万。残り七十万足らずのカネで一年間喰え、という。

わずかな収入から、それだけの支出があっては、とてもじゃないが、やっていけるものではない。普通はそう考える。俺もそう考える。だが、これがなんとかなったりするのである。

ここに人生の霊妙なマジックがある。

銀行で口座の残高を心細く見ているような時にかぎって、しばしば、思わぬカネが入ってきたりする。

たいして名が売れている訳でもない俺に、作家としての講演の依頼が（アテにしていた誰かの都合が悪くなってその穴を埋めるかのごとく）とびこんできて、謝礼の数十万のカネを、その場で貰ったりする。あるいは、昔書いた小説の映画化の話が、あまり聞いたことのない名前の制作会社から持ち込まれてきて、結局は実現することなく沙汰止《さたや》みになったりするのだが、それでも〈映像化優先権料〉といったような形で、これまた数十万のカネが口座に振り込まれたりする。小さなことで言えば、カネを貸したまま疎遠になっていた友人が突然「悪かったな」とか言いながら返しにきてくれたり、オートレース好きの友人に付き合いで預けた千円のカネが数万円になって返ってきたり——カネに窮しているときにかぎって、こうしたことがある。

カネに限ったことではない。精神的に弱っている時には、心にチカラをくれるような人や出来事が、さりげなく現れる。思い返してみれば、若い頃からずっとそうだ。そんなふうに、このいつノタレ死にしてもおかしくないような男が、五十過ぎまで生きてきた。

こうしたことを思うとき、俺は、見えない何かがこの人生の世話をやいてくれているような、そんな気が、なんとなく、する。

「おかげさまで」という言葉を、我々は、しばしば口にする。

「息子さんの就職、決まったそうですね」

「ええ、おかげさまで」

この「おかげ」様は、田中様でも、渡辺様でもなく、自分達を超越した、なにごとかの存在を意識した上で口にしている「おかげ」様なのである。この見えもせず、会った者もいない「おかげさま」に、我々は日頃、まるで親しい人の名を口にするようにして、折あるごとに礼を言ったりしている。

D《デビッド》・ボームという理論物理学者の、『暗在系と明在系』という宇宙の二元構造にふれた本を読んだことがある。昔の事だ。彼は、我々が、見、聞き、感じているこの世界を「明在系」という言い方で表現し、その「明在系」をつつみこむように存在している、目には見えない不可知の領域を「暗在系」と表現した。その暗在系なる見えない領域は、この我々の生きる現実に対し、たえず、干渉《かんしょう》し、影響を与えつづけているのだと、この高名な物理学者は様々な図や数式を用いて「証明」しようとしていた。西洋人である彼は、おそらく、神の存在にそのような角度から接近しようとしたのかもしれないが、これを読んだとき、俺は、ああこれはつまり自分たちがよく口にする「おかげさま」のことだろう、そう思った。

「おかげさま」は、ボームの言う「暗在系」がそうであるように、我々のこの世界に興味津々《しんしん》なのである。我々一人一人に、興味津々なのである。そうして必要があれば、さりげない偶然を装って、我々と関りあうのである。みな胸に手をあててみれば、思いあたることの一つや二つ、あるのではなかろうか。

だからわたしは、みなさんに言ってみたい。困難に思える時でも、人生、けっこう、大丈夫なものです、と。なんとかなっていくものです、と。なんともならない時がきたら、それもまた、やっぱり、おかげさま、なのではないでしょうか、と。大事なのは、「おかげさま」を意識して、日々を暮すことではないでしょうか、と。「おかげさま」を心に置いた人生と、そうではない人生とでは、その生も、死も、ずいぶんちがう気がいたします、と。この一つ空の下で、いきるも、しぬも、皆、安心して暮していきたいものですね、と。

田舎町のかたすみから、頼まれもしないのにそんなことを呟いてみたくなる。

俺は、在《あ》りし日の植木等さんの歌を思い出す。〈黙って俺についてこい!〉そんなタイトルだったかと思う。

♪ゼニのないやつぁあ　俺んとこへこい!

そう力強く大見得をきったあとで、

♪俺もないけど　心配すんな

とあっさり脱力させてくれる。しかしつづけて、植木さんは、こう、歌い上げてくれるのだ。

♪みろよ青い空　白い雲

そのうちなんとか　なーるだろおおお

小学生の頃、この歌が大好きな俺であった。

Ⅱ

コーヒーを淹《い》れ、冷たくなったゆうべの宅配ピザの残りをほおばりながら、俺は窓から顔を出して空を見上げてみる。

静かな雨が降っている。静かだが、確実に濡れる雨。マイったな、という気分で煙草を一つ喫《の》む。雨は嫌いじゃないが、今日は歯医者へ行く日だ。自転車生活者の俺にとって、雨はあまり有り難くない。車はあるにはあるが、マンション近辺は駐車場が高値《たか》いので、郊外の実家の車庫に入れっぱなしにしてある。「俺の車が前にハミだしちまって、シャッターが下ろせねえじゃねえか」と八十になる親父は俺の顔をみるたびに怒っている。怒るまえに八十にもなって赤のクーペをころがす自分を変だと思え。

さて、さしあたってのモンダイは歯医者である。歩いていくには、すこし距離がある。だが幸いなことに、この歯医者のセンセイは高校の同級生だ。だからなにかと融通がきく。電話を入れ、今日の予約を明日にできないか、と受付のおネーちゃんに尋ねてみる。

「はい、先生も、そうおっしゃってました。たぶん、雨だからアイツは来ないだろう、って」

テキも心得たものである。

「明日、同じ時間、予約入れときますね」

というおネーちゃんに心からの礼を言って、ケータイを切ると、間髪を入れずに、コール音が鳴った。

マサルだった。これは中学からの友人で、いまは趣味が高じて町角のライブハウスを経営している。今夜のライブの確認だろう。俺は思った。というか、俺がライブの日にちを忘れているか、もしくは忘れたふりをしてバックれやしないかが、心配なのだ。たぶん。

「もしもし」

「あ。リュウちゃん、起きてたか?」

マサルのカン高い声が受話器の向うからそう言った。五十を過ぎても声変わりしない男が居るとしたら、それはコイツだ。

「うん。さっきな」

俺は応える。

「今夜、よろしくな、楽しみにしてるお客さん、けっこう居るから」

「わかった。ギャラ、百万だっけ」

「百万あったら永《えい》ちゃん呼ぶよ。じゃ、七時には入ってくれよな、よろしく、がちゃん」

そう言って切りやがった。わざわざ、がちゃん、まで口で言いやがった。フザけた野郎だ。

だいたい百万ぽっちで矢沢《やざわ》の永ちゃんなんか呼べるかい。せいぜい舘《たち》ひろしだ。いや舘ひろしに百万円は高いな。百万使うならみんなで台湾に遊びに行ったほうが楽しいと思う。そういうハナシではないんだな。まーいいだろう。

俺は煙草を消し、窓から半身を乗り出して、雨にけむっている町を眺めてみる。午後二時。外に出るのも、おっくうだ。

何をしよおか、と考えた。ギターのチューニングでもやっとくか、そう思い、壁に立てかけてあるギターをつかんで、フローリングの床にあぐらをかいて座った。

俺は中年小説書きであると同時に、ちかごろは、中年ひき語りシンガーも時々やっている。もともとは音楽をやりたくて東京へ出たのだったが、挫折して、気がつけば都会の片隅で小説などを書いていた。たいして売れやしないが、しかしまあ、おかげでなんとか生きてきた。小説に感謝だ。

その東京から、この生まれ育った町へ帰ってきて、もう三年になる。小説家でありながら、ちっとも小説を書かないので毎日ヒマをもてあましていたが、マサルの店でどこだかの大学の同窓会パーティーをやったとき、声をかけられて何曲か歌ってみたら、なんだか自分のなかで覚醒するものを感じ、月に二回ほどのライブを、それからやっている。

東京でバンドをやっている頃は、ライブ一つやるのも大変だった。とにかくチケットをさばくのに時間をとられて練習どころではないほどだった。本末転倒なハナシである。アマチュアバンドに対してあの街のライブハウスはビジネスライクである。店が潤うだけの客を自分たちで集めてこないと、ステージを貸してくれなかったりする。

その点、勝手知ったる我がフルサトは、気楽なもんである。ちょっと歌わせろ、ってなもんである。

おまけにマサルは気をきかせて、前回から五〇〇円のチャージを飲食代の上に乗せ、そのチャージ分を俺に丸ごとバックしてくれていた。もし今夜、あの店に三千万人の客が入ったら、俺は一夜にして一五〇億円を手にするわけだが、そんなことにはならない。たぶん。

　などなどいろいろ考えながらやっているうちに、チューニングは了《おわ》ってしまった。

　外は雨。

「よっしゃあっ」と大きな声で一つ気合いを入れて、俺は夕方までまた寝る事にした。

Ⅲ

　目ざめれば五時。雨はやんだようだ。通りに面したマンションのことで、アスファルトを走る車の音でだいたい見当がつく。

　部屋はすでに仄《ほの》暗く、開け放したままの窓からの冷気がTシャツ一枚の俺を肌寒くする。今年は秋がはやい気がする。いやこれが普通か。ここ数年の夏が異常だったのだ。

　異常が普通になってしまったいま、きちんと訪れようとしている秋が、なんだかけなげで、いじらしい。遅れるのが当り前のバスが、めずらしく時間通りに来てくれたような、なにかほっとするものをかんじる。

　ベッドに寝転がったまま、煙草に火をつける。

（良い歌が聴きたいな）とふと思う。

店へ行くには、まだ早い。腹もたいして空いていない。濃いめのコーヒーがのみたい。

それと、いい歌。

ベッドを下り、流し台へ行って湯を沸かす。何かあるかと、買ってきた食い物をかたっぱしから放り込んでいる棚の開きをあける。ヤマザキのピーナッツバターサンドが一袋あった。いいかんじだ。賞味期限が二日過ぎているが、知ったことか。腹をこわしても、訴えるようなことはしないから、安心しろ、ヤマザキ。

Ⅳ

湯気のたつマグカップを片手に持ち、ピーナッツバターサンドを食いながら、ベッドへ戻り、淹れたてのコーヒーを一口のむ。

うまい。これであと、いい歌がそろえば、俺の小さな幸福が出来上る。

エルビス、ボブ・ディラン、ストーンズ。俺の日常に常に存在するこれらの音楽。ときにはバッハの夜もある。

しかし俺は、それらではない、この数日のお気に入りのライブDVDディスクを、プレーヤーにセットする。エルビスの〈ラスヴェガス・ライブ〉でもなく、ボブ・ディランの

〈アニバーサリー・ライブ〉でもなく、ストーンズの〈ブリッジズ・トゥ・バビロン〉のライブでもなく、いまプレーヤーにセットした一枚のディスクは、〈上戸彩・BEST LIVEツアー2007〉それであった。

V

数日前の日曜日、久しぶりに姉の家へ遊びに行ったとき、二階の二十歳になる姪《めい》の部屋から、何やら、気持のいい歌声がきこえてきた。思わず足をとめ、階段の下でしばし聴きいってしまうほどに、その声は心地よかった。誰かに似ているようで、誰ともちがう。断片的に聞きとれてくる歌詞も、なにか、いい感じだ。

階段を上がり、姪の部屋のドアをノックして、中をのぞいて俺は尋《たず》ねた。

「ソレハ誰ノCDデアルカ」

姪は応える。

「コレハCDデハナイ、上戸彩ノライブDVDデアル。テレビノ調子ガ悪イノデ、音ダケ出シテイルノデアル」

「貸シテクレ」というと、「イヤ」だというので、俺は背中から取り出した散弾銃を姪に突きつけ、その一枚のディスクを持ち帰った。

VI

その日の夜更け、その一枚のライブＤＶＤを観てみた。そして観おわった時、俺はすっかり歌手、上戸彩ちゃんのファンになっちまってた。広々とした青空のような歌声と、全身で、その内にある思いを表現しようとしてるかに感じられる姿に、俺はうたれた。

〈愛のために　歩いてゆこう　心に咲いた　花を守ろう〉〈桜咲けば　わかるでしょう　永遠がね　すこしだけ〉〈ここは何処《どこ》で　どこへゆくの　生きる意味　知りたい〉

こうした言葉を、ロックフルに、澄んだ張りのある若々しい声でハツラツと歌われると、問答無用にここちよかった。

それにしても、〈桜咲けば　わかるでしょう　永遠がね　すこしだけ〉とは、見事だ。

そうなのだ、この二行の歌詞の含み持っている気配をこそ、俺は物語として書きたいとずっと願っているのだ、と気づかせてくれさえした。

そーゆーわけで、すっかり上戸彩ちゃんのファンになっちゃった俺であるが、少年っぽいキャラのせいか、みていて性的なものはほとんど感じない。

思えば、その昔、高校一年のころ、当時のスーパーアイドルだった天地真理《あまちまり》ちゃんのファンだった時は、こうではなかった。部屋は真理ちゃんのポスターで埋めつくされ、真理ちゃんにボッキしまくった夜は数えようとして数えきれない。真理ちゃんが沢田研二《さわだけんじ》と映画で共演し淡いキスシーンなどがあったときには、夜更けに友人と〈沢田研二殺害計画〉を練ったりしたものだ。東京へ行く電車賃がなかったおかげで、ジュリーは今も生きている。

余談だが、その五年後だったか、地元でアマチュアバンドをやっていた俺は、天地真理がゲスト出演するイベントの前座をつとめたことがある。

真理ちゃんは、もう往時の人気もなく、テレビなどにも、ほとんど出演していない頃だったが、それでも俺は、ひと目、ナマの真理ちゃんを見たくて、あわよくば握手の一つもしてほしくて、当日の本番前、何度も彼女の楽屋をのぞいてみたものだ。だが何度うかがい見ても、そこにはただ、マネージャーだか、付き人だかの太ったオバさんが一人いるだけだった。やがて本番が始まり、ステージに登場したのは、その太ったオバさんだった。それはともかく、この一枚のライブDVDを二時間、観て、聴いて、一番つよく感じたのは、上戸さんの、母性、とでもいうべきものだった。

旅の途中、疲れて路傍に座りこんでいる男に、母親の手を振りほどいて駆け寄ってきた少女が、「おじさん、大丈夫?」と声をかけてくれたような、そんなぬくもりを覚えた。

「——ああ、おじさんは大丈夫さ、ありがとう」

そう応えて思わず微笑んでしまうようなぬくもり。そして、(——そうだな、もうすこし、がんばってみるか)と思わせてくれる、そんなチカラ。

上戸彩ライブツアー2007。この一枚のDVDディスクは、俺にとって、思いがけず見つけたちょっとしたタカラモノである。姪がこのDVDを返してもらえるようなことは、たぶん、もうない。

Ⅶ

雨も上ったことであり、俺はケースにも入れず、むきだしのままのギターを片手に下げてマサルの店へ向かう。部屋からは歩いて五、六分の距離だ。

雨上りの路地が、ひんやりとして心地いい。老舗の菓子店の裏につづく遊歩道を、深い息をしながら、ゆっくりと歩く。かつて炭鉱で栄えたこの町には、菓子を売る店が昔から多い。坑内で体力を使い果たしてきた男たちにとっては、酒よりも、まず甘いものだったのかも知れない。

むろん彼らは酒ものんだ。たいした人口も持たない割に、飲み屋の建ち並ぶ路地が町のあちこちに幾筋ものこっていることからでも、この町の当時の隆盛がうかがえる。坑夫たちは三交代シフトで働いたという。だから二十四時間、たえず坑内から上ってくるものがおり、上ってきては、彼らは、酒をのみ、芝居を観、女を買い、バクチに興じた。

さながら町は不夜城のようだったと、当時を知る年寄りは話す。

その町も、いまは老いた。

人に老いがあるように、町もまた、老う。だがそんなこの町の老いっぷりが、俺はきらいじゃない。下品で、単純で、荒くれで、それでいて底ぬけに人のいい所もないわけじゃない——それが、俺のフルサトだ。羽振りのいい時に、さんざんムチャばかりやって、いつかすっかりシケちまって、それでもカラ元気で威勢だけはいい痩せこけた一人の年寄りのようなこの町が、俺はときどき、なんだかいとおしい。

小説という自分に出来る仕事を思えば、いつかちゃんと、この町のことを書いてみたい、そう思う。この町に生きた人間たちの、流した血や、奪われた命や、裁かれなかった罪や、それでも、あったにちがいない、与えあった愛や、心や——それらがみな、思えば一瞬の夢だったと微笑む老人の横顔のような物語を、書いてみたい。

マサルの店が見えてきた。

Ⅷ

店に入ると、すでに三十人ばかりの「ファン」どもが、思い思いにテーブルについて、酒を飲んだり、雑談をしたり、この店のウリであるパスタを喰ったりしていた。

半分は友人たちで、もう半分はその友人の友人たちだ。わずかに三、四人、あるいは五、六人が、たまたま来合わせたフリの客、または物珍しげに来てみた奇特な客たちだ。

俺にはその一人一人の頭部がチャージ分の五〇〇円硬貨にみえる。

「よ。リュウジ、来たなっ」と高校の時の友人で今は消防署の課長をやってるノリマサが店の奥から、声をかけてくる。頭が悪い上に、声のデカいやつである。かつてはどうしようもない悪ガキで、父親のコネでなんとか消防署に入り今は課長などになってるが、こんなやつに鎮火される火事などほとんどないと思う。火事のほうにもプライドがあろうというものだ。こんなやつに消されてたまるかと、よけいに火勢が増すような気さえする。

そのノリマサのデカい声で、店の客たちが思い思いに俺に顔を向ける。

パラパラとうらさみしい拍手におくられて俺はギターを片手に、奥の小さなステージに上る。

Ⅸ

「リュウさん、水、ここに置いときますね」

最近この店でアルバイトを始めた女のコが、ステージ上の俺の足元にペットボトルのミネラルウォーターを置きながら、言った。

「うん」と応えた俺に、彼女は微笑んで、「あたし、聴いてますから」そう言いのこして、カウンターへ戻っていった。

人生はときどき意味ありげな偶然を日々の中に置いていくものだが、この十九歳のアルバイトの女のコの名前がまた、彩ちゃん、というのだった。年齢、背格好、そして笑顔が、さっきまで部屋で観ていたＤＶＤのなかの「彩ちゃん」と、どこか似ていなくもない。

マサルの話によれば、九州南端の町から歌手を目指して東京へ行こうとしたが、家出同然で出てきたためカネが足りず、とりあえず特急の停まるこの町で電車を降りて、目下アルバイトしながら、ここで上京資金をつくっているのだという。

マサルは、真面目な所のある男で、家出してきた未成年を雇う訳にはいかない、と断ったということだったが、断られて彼女は、いきなり店の壁に掛けてあるギターをつかんで、その場で歌いはじめた。

「あたし、東京で、歌手になるんです、お願いします」

歌いおえてそう言った彼女に、マサルは思わず、「わかった」と言った。そう言ってしまったのは、彼女の歌が、すばらしかったからだった。

それが十日ほど前の深夜のことで、訪ねてきたとき、自分のギターすら持っていない彼女の荷物といえば、肩にしょったバックパック一つだったという。

電車を降り、駅を出て、残りわずかなカネでうどんを食べて、とりあえず安く泊まれる宿をさがしていた時、灯りをおとしたばかりのライブハウスが目にとまり、彼女は、背中を押されるようにドアを開けたのだという。

たいした給料は出せないよ、と念押ししたあとで、マサルは店の奥の物置きにしている六畳間を急ぎ片付けて彼女に与え、「住むところと食事は心配しなくていいから、がんばってカネを貯めなさい」そう言った。

張りつめていたものが、その時切れたのだろう、彩ちゃんは泣いたそうだ。

面倒をみるのはなんでもないが、それでも気持にひっかかるものが残るマサルは、せめて実家のほうに連絡だけとらせてくれ、と言ってみた。彼女は、涙をぬぐい、プイと顔を横に向けると、「あんなクソ親、もう、あたしには関係ないですから。そんな必要ないです」そう応えたのだそうだ。

小さな町ではあるが、それなりに顔のひろいマサルは、彼女のために、一夕、ライブパーティーを催した。つい数日前のことだ。

この町の、大手新聞社の支局の文化欄を担当する記者などを招き、彼女の歌をきかせた。あいにく俺は用事で顔を出せなかったが、招いた記者連中の反応は上々だったそうだ。

ルックスも悪くないし、もしかしたら大化けするかもしれない、東京なんかに出すより、ここで育てて、この町発のスターをつくろうよ、そんなことを一人の記者は言い、マサルもなるほどと肯いた。

そのマサルが、早くやれよ、といわんばかりに、いま、いくつかのテーブルをはさんだカウンターの向うから、ステージの俺に笑いかけている。

俺はくわえた煙草をかたわらのテーブルの灰皿に置き、足元のミネラルウォーターを取り上げて一口のんだ。

必要以上に明るい照明のせいか、小さなステージの上は、やけに暑い。熱でチューニングが狂いそうだなと思いながら、俺はポケットからピックをとり出し、Eの音を静かに一つ弾きおろした。ギターコードで一番イカしてるのは、なんてったって、開放弦で弾くEの音だ。

X

灯りをおとした店内に、俺と、アルバイトの彩ちゃんだけがいた。

カウンターを挟んで、彼女は水を勢いよく出しながら食器を洗っている。俺はマサルがつくってくれたアサリたっぷりのボンゴレを食べおえた所だった。そばに茶碗《ちゃわん》が一つある。スパゲティと白ごはんを一緒に食べるのは、すくなくともこの町では俺くらいのものかと、ふと考えてみたりする。

　さっきまではマサルもいて、何やかや三人で雑談をしていた。マサルはこの町から彩ちゃんをスターにするんだと、熱く語り、その「戦略」めいた腹案もあるらしかった。

　たしかにマサルは、地元テレビ局に勤める大学時代の友人などもいるし、この地方のミュージックシーンに関わる人たちとの付き合いもある。新聞から小さなミニコミ誌まで活字方面にも通じている。俺に任せておけ、といわんばかりに気炎を上げるだけ上げて、じゃや彩ちゃん、後はよろしく、とかいって愛妻の待つ自宅へさっさと帰っていった。

　彩ちゃんは黙って、洗いものをつづけている。BGMを切った店内に、食器の触れあう音と水の跳ねる音だけが、やけにおおきくきこえていた。

　やがてその洗いものも終ったのか、水が止まり、静寂が、ふいに店内をつつんだ。

　しばらく意味もなく店の天井など見上げていたが、そのうち、なんとなく、若い娘と静まりかえった店内に二人きりという状態が気詰まりに思え、「ごちそうさま」と帰るつもりで腰を上げかけた時、「いま、コーヒー淹れますから」と濡れた手を拭《ぬぐ》いながら、彩ちゃんが言った。

「――あ。うん。ありがとう」

俺は浮かした腰を、また椅子に戻した。

XI

「でも、意外でした」

自分のコーヒーカップを持ち上げながら、カウンターの向うで彩ちゃんが言った。

「何が?」と俺は彼女をみた。

「リュウさんが、お酒に弱い、ってこと。そんなふうには見えないから」そうつづけて、彼女は微笑んだ。

「うん。弱い、っていうより、のめないんだ。そういう体質なんだよ」応えて、俺もカップに口をつけた。

「——でも、ウチの母親、ひどいアル中だから、のめない人のほうが、なんか安心したりします」俺の顔から目を外し、彼女はそんなことを言った。

「——そうなんだ」

とだけ俺は応えた。

「——ほんとに、クソったれな母親なんです」

そう言って、カウンターの向うで複雑な笑顔をみせた後で、「――ごめんなさい、つい口が滑っちゃいました。あたしの話なんか、べつにいいですね。リュウさんの話、きかせて下さい。あたし、リュウさんの歌、すきです。昔、バンドやってたんですよね」

「うん。でもそんなことより」と俺は、顔を上げ、彩ちゃんをみた。「夕刊の記事、見せて」

帰りぎわにマサルが教えてくれた話を思い出していた。

先夜のライブパーティーで彼女の歌を聴いた記者の一人が早速、彼女の紹介記事を書いてくれ、それが今日の夕刊の地方版に載ったということだった。

「――なんか、恥ずかしいな」

ひとつ微笑み、彼女は、ポケットから財布を取り出すと、中から十センチ四方ほどの小さな記事の切り抜きを出した。そしてカウンター越しに、それを俺に手渡してくれた。

二十行ほどの短い記事だったが、彼女の歌っている写真も、そこにはちゃんと添えられていた。ボーカリストとしての彼女の魅力と、その有望な将来性について、記事は伝えていた。

顔を上げ、「よかったね」と言うと、彼女は「はい」と微笑《わら》って、受け取った切り抜きを、大事そうにまた財布にしまった。

「——誰か、見せたい人はいないの?」俺は尋《き》いてみた。

少しのあいだ黙ったあとで、「……べつに」とだけ彼女は応えた。そんな彼女を見つめながら、

「——夢、うまく実現していくといいね」

俺は新しい煙草に火をつけながら言った。

「——はい」と応えた彩ちゃんは、ふと微笑みをその表情から消し、そのまま、すこしの間、黙った。

「——あたし、高校を出て、地元の小さなデパートに勤めてたんです」やがて口を開いた彩ちゃんが言った。「でも、やっぱり、歌が歌いたくて、——それに母親と二人の生活も、もう限界に来ていて、それで、昼休みに、職場で一番仲良くしていた同僚に、東京に行って歌手になろうと思う、ってうちあけたんです。聞いたとたん、同僚は弾かれたように笑ったんです。冗談だと思ったんですね。あたしが本気で言ってるとわかると、まじめな顔で励ましてくれて、とてもいい友人なんですけど、——でも、あたし、いまでも時々、その時の、同僚の笑い声を思い出すんです。あれが普通の反応なんだろうな、って、そう思います。なんかすごく、自分のしていることが愚かに思えてくるような、そんな時があるんです」

「——こないだ観た映画でね」

コーヒーカップをカウンターに置きながら、俺はそう言って彩ちゃんを見た。

「主人公が、こう言うんだ。マット・ディロンが演《や》っているんだけどね、夢をみるなら徹底的に見るほうがいい、って。そんな言葉を、モノローグの中で、くりかえし、くりかえし、言うんだよ」

彩ちゃんは黙って俺を見ていた。

「そいつは、作家になりたい中年男でね、短篇を書いては、出版社に送ってみるんだけど、なかなか認められなくて、で、喰えないから、アルバイトで暮しているわけさ」

「——ええ」とすこし興味を持った様子で彩ちゃんが肯く。

「ところが、こいつがまた、ある意味どうしようもない男で、短気で、大酒のみで、すべてにおいてルーズで、何の仕事に就《つ》いてもつづかなくて、喰いつめて実家に帰っても、年老いた父親を怒らせて、叩き出されてしまうようなやつなんだ」

「……ええ」

「それでもやっぱり小説を書きつづけたくて、そのために、求人を見て、履歴書を書いて、また面接の列に並ぶわけ。もう若くもないオジサンがね。そんな場面を観ながら思ったんだけど、こいつにもし、作家になりたい、という夢がなかったら、堕《お》ちるところまで堕ちて、廃人のようになっちゃうことだってあるんだろうな、って」

俺は、彩ちゃんを見た。

「夢は、叶《かな》ったり、叶わなかったり、気まぐれなもんだけど、そんなことはどうでもいいんだ、って、観ていてそう思えたよ。夢をみる、ということ、いまの自分とはちがう、もっと自分の思うような自分になりたいと願うこと、そのことが、人間にとっていちばん大事で必要なものなんだと、観終ったとき、それが改めてわかったような気がしたんだ。夢は、人間が谷底へ落ちるのをつなぎとめてくれる、ロープみたいなものなんだな、って。すくなくとも、そんな場合もあるんだ、って」

「——はい」

彩ちゃんは、ただそう応えた。


その夜更け、日付もとうに変わった午前三時ごろだったろうか。

煙草を買いに表へ出たとき、コンビニに彩ちゃんが居るのを見かけた。通りに顔を向け、コピー機の前に立っていた。

店内に入り、雑誌の並ぶ通路を歩いて彼女のそばに立ってみたが、彼女は俺には気づかない様子で、コピー機に向って、用紙のサイズやら濃さなどを一つ一つ設定している。その細い肩をかるく叩こうとして、ふと手が止まった。

コピー機の脇に、封筒が一つ置かれていた。すでに切手が貼られ、宛先も書かれていた。

〇〇県〇〇市〇〇町〇―〇―〇
小林　良江様

俺はそれを見た。

〇〇県〇〇市が彼女の故郷であり、小林が彼女の姓であることを、俺は知っていた。やがて機械の端から、複写された新聞の切り抜き記事が作動音とともに出てきた。すこし拡大された、歌っている彩ちゃんの写真が、そこに載っていた。

――お母さんに送るんだな。

俺は思った。

俺は彼女のそばを離れ、声をかけることもしないまま、煙草を買って表へ出た。

封を開け、一本を抜き取り、火をつけた。

空に月が出ていた。

その月に向けて煙を吐きながら、俺は二人の彩ちゃんを思った。

この国のド真ん中で、連日のようにメディアに登場し、華々しく活躍している彩ちゃんと、同じ空の下、この小さな町で、夜更けにひとり、自分の載った小さな新聞記事を故郷の母親に向けてコピーしている、もう一人の彩ちゃん。

俺は月を見た。

まるい月は、なにもいわなかった。

A DAY 5

I

まさかクリスマスの夜を救急治療室で過ごすことになるとは思わなかった。

普通はそうだろう。よほど深刻な持病でも持っていないかぎり、突然ふってわいたようにこんな事態になるとは想像すらしていないものだ。

だがものごとはいつも、ふってわいたように我々に訪れる。

俺にとって、今夜が、まさにそうだった。

しかし、担当してくれた医者先生が言うには、どうやら慢性《まんせい》の持病らしきものが、当人も知らないうちに俺にあるのらしかった。

肺気腫《はいきしゅ》、慢性閉塞性肺疾患《へいそくせいはいしっかん》、気管支喘息《きかんしぜんそく》、「更に検査をしてみないと、どれとは特定できませんが」と前置きして、これらの病名を彼は挙げた。採血からの血中データとCTスキャンの画像を見ながらの説明だった。長身の四十代半ばほどに思われる医者で、胸に

〈木村〉とネームプレートがあった。

この木村チャンが語る所によると、要するに、肺機能が低下していて、体に酸素をうまく取り込めなくなっているのだそうである。この俺サマの体が、である。

「今まで、ちょっとした事で息苦しくなったりしたこと、あるでしょう」

木村チャンが言う。

ある、と俺は肯いた。

まず思い当ったのは、歌、だった。俺はしがない中年小説家であると同時に、はかない中年シンガーソングライターでもある。三年前に古い付き合いの音楽プロデューサーとオリジナルCDをつくったのだが、歌うのは久しぶりのことだったので改めて個々の曲のキーをとってみたら、これが、一音から二音、どの曲も落ちているのである。かつては軽々と歌えたフレーズが、もはや軽々とはいかなくなっていた。年齢のせいにしていたが、あの頃から肺は悲鳴を上げていたのかもしれない。

日々の楽しみである自転車での散歩をしていても、すこし無理をして坂を登ったりすると、それまでになく息切れがし、しばらくは動けないほど苦しかったことが、そういえばあった。

そのうち、秋頃からだろうか、時々、夜更けに咳込《せきこ》むようになった。長くつづくと、動

って今日の発作となったらしい。

そんな状態のなかで数日前に風邪をひいて熱など出したものだから、それが引き金となって今日の発作となったらしい。

俺は一日を振り返ってみる。

夕方、老いた両親の暮す実家に顔を出し、「メリー・クリスマス!」てな事を言い、プレゼントをあげるどころか逆に小遣いを貰ったりし、その帰りにスーパーで軽い買物をして、八時に幼なじみのやっている定食屋へ行き、そこで古い友人らと、〈クリスマスなんかクソ喰らえ!〉というクリスマスパーティーをやった。〈くたばれ巨人!〉と言いながらテレビの巨人戦を観るようなものである。読売グループの思うツボである。

ともかくそんなささやかな集まりを日付が変わる頃までたのしんで、部屋に戻り、風呂に入り、遊びたげな様子の猫の相手などしてるうち、妙な呼吸音を発している自分に気がついた。とくに息を吐く時の音がひどかった。地鳴りのような濁った音が胸をざらざらと撫でていく。しだいに息が苦しくなり、汗がふきでてきた。立っていられなくなり、フローリングの床に尻をついた。その姿勢も苦しくなり、ゴロリと床に身を投げた。たおれた、と言ったほうが正確かもしれない。指先が痺れ、強烈な便意をもよおした。縊《い》死《し》した者が糞尿《ふんにょう》を垂れ流すということをよく耳にするが、それがよく解る気がした。死ぬのか？　と思った。暗く狭い出口のないトンネルに引きずり込まれていくような感覚だった。

禅の大家であった鈴木大拙《すずきだいせつ》は、晩年腸捻転《ちょうねんてん》を患い、その病床で「死ぬのはかまわんが、この痛いのはなんとかならんか」と言ったそうだが、全く同感だと思った。死ぬのはかまわん。今この瞬間、目の前から未来という時間が忽然《こつぜん》と消え失《う》せても、べつにかまわん。死という改札を抜けて時間の外へ出ていくだけの事だ。だからそれはかまわんのだが、出来るものならなるたけラクに「改札」を通過したいと思うのが人情ではなかろうか。

そういう意味では呼吸が段々しづらくなってくるというのは、ちょっと、かなわん。鈴木大拙が腸捻転の痛みに閉口したように、俺もこんなじわじわねちねち苦しいのは気が滅《め》入《い》る。こんな地味な死に方、やだ。——もっとも、どんな死に方も我々はイヤなのかもしれないが。スター・ウォーズのダース・ベイダーのような呼吸音を繰《く》り返しながら俺は思った。あいつも肺が悪かったのかも知れない。しかしこうしていると、酸素というものが、いかに我々を我々たらしめているかということが、よく解る。酸素が足りない状態は指一本動かすのも苦痛だ。俺は解った。この世界の主役は、じつは酸素だったのだ。地球の歴史は酸素の綴《つづ》った物語だったのだ。ビルも地下鉄も酸素が我々を触媒《しょくばい》として造り上げたものだったのだ！　ああ、酸素！　とかゆーとる場合ではないと思った。こうしているうちにも、息苦しさは増していく。出口の無いトンネルの更に奥へと墜《お》ちていくようだ。猫がそんな俺に顔を近づけ、頰《ほほ》を前足で撫でる。そのぷくりとした肉球の感触が、ひんやりとしてわずかに心地よかった。

（……病院、行くか）

猫の丸い瞳《め》を見ながら思った。這って玄関まで行き、ついて出ようとする猫を押し戻し、ドアを閉めて、マンションの通路へ出た。ハデな呼吸音をたてるわりには、空気が吸えない。というか、吐けない。吐けないから、吸えない。呼吸困難というのは、じつは空気が吸えないのではなく吐けないことなのだと解ったが、そんなことはどうでもいい。短くせわしない呼吸を繰り返しながら、壁に手を置き、汗だくの体を引きずるようにしてエレベータにたどりつき、ボタンを押した。

やがて来たエレベータに乗り、真夜中のエントランスにころげるように出て、なんとかマンションの外へ出た。

飲み屋街が近いので客待ちのタクシーが、マンションの下にいつも数台いる。その一台に乗りこんで、「——市立病院」それだけを、絞りだすように言った。

そういうわけで、俺は今、深夜の救急病院のベッドにこうして寝ているわけである。点滴と酸素吸入器のおかげで、なんとか身も心も落ち着きを取り戻したしだいである。やれやれ。

「……えーと、中上竜二《なかがみりゅうじ》さん」カルテで俺の名を確認して、担当医である木村チャンは顔を上げた。

「お話ししたように病名はいくつか考えられますが、いずれにしても初期段階での治療は同じですので、とりあえずは、このまま入院していただくことになります」

そう続いた木村チャンの言葉に、俺は、えっ？　と思わず声を上げた。

「いや、先生、ちょっと待って下さい、今日の今日でこのまま入院てのは無理ですよ。部屋そのままだし、猫、待ってるし、もしかしたらストーブつけっぱなしで来たかもしれないし」

「お一人で生活されてるんですか？」

と木村チャンの後ろに立つ看護婦が尋ねた。

「いかにも」と俺は応じて、肯いた。

「ご両親、もしくはご兄弟は近くにおられないんですか？」

とこれは木村チャン。

「いません」

とキッパリ嘘をつく。

「ご友人とかにでも連絡とれませんか」

「この夜中にですか？　カンベンして下さいよ」

夜中だろうが明け方だろうが、俺の「ご友人」は皆まだ起きてるにちがいないが、俺は何より一秒でもはやく、この異常に暖房のきいたどんよりした病室を出て、外の空気を吸いたかった。そうすることが可能なていどには、体調は充分回復しているように思った。むろん病気は病気なのだから、あとは通院だ、そう考えた。とにもかくにも、入院など、まっぴらだった。

「中上さん」

と木村チャンは、ためいきをつくように、そう言って俺をみた。

「——今は酸素吸入しているから、そんな強気なこと言ってますけど、今それ抜いて表に出たら、あなた、たおれますよ」子供を諭すような調子でそう言う。

「たおれやしませんよ」俺は応えた。

看護婦が木村チャンの後ろで小さく微笑《わら》った。その微笑いをたしなめるように彼女に一《いち》瞥《べっ》をなげたあとで、木村チャンはまたゆっくりと俺に顔を戻した。その顔は、俺になのか、看護婦になのか、すこしご立腹の様子である。おそらく俺に、なのだろうが。俺はかまわずつづけた。

「――先生、だいじょうぶです、って。表でタクシーに乗りこんでしまえばものの五分で部屋に着くんですから。そしたらもう、絶対安静、部屋でじーっとして、置き物みたいに動きゃしませんから。で、明るくなったら、友人に連絡とって、いろいろ頼むべきことは頼んで、明日、また改めて、病院来て、そこでもう一度、今後のことを話し合いましょうよ。――ね？」

「ね、って、中上さん、最低でもあと半日は点滴と酸素吸入をつづけないことには無理です、って。たおれますって。呼吸器の病気で年間どのくらいの数の人が亡くなってるか知ってますか？　突然なすすべもないまま意識不明の重体になってしまうんですよ、一人暮しの部屋でそんなことになったら、どうするんですか」

木村チャンがもっともな事を言う。だが俺も引く訳にはいかない。

いや大丈夫です、無理です、といったやりとりを、それから十分ほどつづけ、いかな医師といえども患者に入院を強制することなどできないのだという認識を頼りに俺は粘りつづけ、そしてついに粘り勝った。

点滴を抜き、鼻に差した酸素吸入器を外し、そそくさと身仕度を整えて、「お世話になりました」木村チャンと看護婦に深々と一礼してそう言い、俺は病室を出た。

ケータイでタクシーを呼び、受付カウンターで支払いをすませ、表へ出て車を待ちながら、冷んやりとした深夜の風を心地よく感じたりしていたのも束《つか》の間、まず手足の先が痺れはじめ、呼吸が浅くせわしなく、すこしずつ息苦しくなり、苦しいまま、全身がゆれるほどの動悸におそわれた。意識がすこしずつ、あやしいものになっていく。

(やっぱ、無理だわ)そう考え、病院へ戻り、壁に手を置きながら、よろけるように救急治療室へ入ると、木村チャンがちょうど居た。目が合ったので、

「ただいま戻りました」俺は言った。

II

というわけで、再びベッドの上のヒトとなったわたしである。最初いやでならなかった点滴と鼻に差した酸素吸入器にすっかり馴染んでしまって、やっぱ病人はこうでなくっちゃね、とか思っている。

そんな俺の左手を持ち上げ脈をとっている木村チャンは、ちょっぴり、おかんむりのよ

うに見える。

「本当は、どなたかご親族の方にいらして頂いて、今の状況を説明しておきたいんですがね」木村チャンが言う。

その言い草に、何か肺にヤヤこしいものでも新たに見つかったのかと、「いや、今の状況なら、まず、当事者である俺に話して下さい」俺は言った。

「今の状況というのは、この状況ですよ。点滴と吸入器はずして外へ出たとたんたおれそうになるというこの状況ですよ。もっと説明いりますか？」

「いや、充分です」木村チャン、やっぱりちょっと、おかんむり、のようなので、逆らわずにそう応えた。心電図の準備をしていた看護婦が、また小さく微笑った。色白の肌にうっすらと浮き出たソバカスが、昔はやった〈キャンディ♡キャンディ〉というアニメのキャラクターを、ふと俺に思い出させた。

「点滴が了《お》る頃、また来ます。すこし眠るといいですよ」

木村チャンが先に立ち去ったあと、ソバカスちゃんは、足元のシーツを整えてくれたり、ベッドの背の起こし具合を調整してくれたり、いろいろ世話をしてくれていたが、そのソバカスちゃんも、そのうち、そう言いのこして病室を出ていった。去っていく彼女の向う、開いた出入口の自動ドアの向うに、救急外来のロビーが見え、その隅に置かれた小さなクリスマスツリーが、ささやくように、静かな電飾の明滅をくりかえしていた。

III

救急外来というのは、おおむねこんなものなのか、それとも今夜はとりわけ急患のすくない夜なのか、かなり広めの病室に十《とお》ばかり並んでいるベッドは、俺以外、どれも空いているようだった。

首をこころもち上向け、ぽたぽたと落ちる点滴の滴《しずく》などをぼんやり見ているうち、いつか、まどろんで、俺は眠ってしまったらしい。

IV

キエさん、という老女が運び込まれてきたのは何時頃のことだったのだろう。ストレッチャーの走る音と、何やら慌ただしい辺りの気配に、俺はふと目が覚めた。

窓の向うはまだ夜がつづいていた。午前四時前後のことだったのではないか。

それぞれのベッドの周囲を仕切っているカーテンの、そのわずかに開いたせまい隙間《すきま》の向うがわを、数人の看護婦とストレッチャーが走りぬけ、一瞬、そこに寝かされて運ばれる老女の、白髪まじりの小さな顔が見えた。

「キエさん、しっかりね、私よ、わかる?」

ベッドを二つほど間に挟んだ、すこし離れた場所からそう聞こえてくるのは、婦長の声だ。女性にしては低くかすれた特徴のある声。

俺が倒れこむようにここへとびこんで来たとき最初に対応してくれた人で、医師の傍らに立って禁煙の必要を俺に懇々《こんこん》と説いた、あの声だ。

その婦長が、今、ささやくように、老女に声をかけている。

――キエさん、か。

俺は婦長の口にしたその名をぼんやりと呟いてみた。ゆっくりと落ちる点滴の滴にまた目を向けながら、だけどどうして婦長の声しかしないのだろう、と思った。キエさんに付き添う家族らしき人間は、誰も居ないようだった。

Ⅴ

ベッドの上で腕枕をして、俺は、ぼんやり、病室の天井を眺めていた。キエさんが運びこまれてきて、一時間ほどが経つ。彼女の状態は、とりあえず落ちついたのか、三つ向うのベッドから、か細い静かな寝息が、静まりかえった未明の空気のなかで、かすかに聞こえてくる。

医師も看護婦たちもいったん引き揚げた広い病室に、俺と、眠るキエさんだけが、今は居た。そのキエさんの寝息を耳にしながら、俺は、三十分ほど前に看護婦のソバカスちゃんが聞かせてくれたキエさんの話を、ぼんやりと思い出していた。

Ⅵ

三十分前、スタッフがみな病室から引き揚げたのをいいことに、俺は、キャスターをゴロゴロころがして点滴ごと病室の外のベランダへ出て煙草を吸っていた。

体調をかなりもちなおしたことで、すっかり強気になっていた。三袋の点滴と、数時間の酸素吸入のおかげなのだろう、退院をこころみて、またすぐ病院へ舞い戻ってきた時のような、あの危うい感じは、もうなかった。

けして病気をナメている訳ではない。ここまで回復させてくれた医師や看護婦の仕事を軽んじてる訳でもない。だから最初から煙草を吸おうなどと思って外へ出た訳ではない。ただ外の風に当りたいと思っただけだ。だけど着込んできたダウンジャケットのポケットに手を入れると、煙草があるんだもの。

吸っちゃうでしょ、これは。

というわけで数時間ぶりの煙草を心地よい外気のなかでしみじみと味わっている俺であった。

目をやれば、町はまだ夜のなかにある。遠い町灯りを眺め、部屋にひとりでいる猫のことなど考えながら煙草を喫《の》んでいると、ガラリとベランダの出入口が開いて、ソバカスちゃんが顔をみせた。煙草を手に持つ俺を見て、

「あ」と彼女は小さく叫んだ。

「あ」と俺も付き合って言った。

「――中上さん、いったい、なに考えてんですかっ」

と言うから、

「猫のこと」

と応えた。

「そうじゃなくて、煙草なんか吸ってるの見つかったら、先生にハンマーで殴りたおされますよっ」彼女が言う。

「え。先生がハンマーで誰か殴りたおすとこ、見たことあるの?」

「ないですけど、とにかく煙草、消して下さい、早く。——まったく、さっきまで死にかけてたくせに」

と医療従事者にあるまじき、ものすごい事を言う。

「あわてない、あわてない」と俺は一休《いっきゅう》さんのようなことを言って、「いま消すから」と、最後の一息を深々と喫み、吐いた。そして朗々とした調子で詩を吟《ぎん》じてみせた。

「——煙草はただの煙草にあらず。ただよい、うかび、時に溶けゆく紫の煙は、わが心の豊かなる遊び場ナリ——」

「——誰の言葉ですか、それ」

「俺の言葉」

「消して下さい、早く」

俺はダウンの内ポケットから出したケータイ灰皿に短くなったそれを捻《ね》じこんで、消した。

「それでいいです、じゃ点滴付け替えますから、中、入って下さい」

「でも、中、暑いんだよ。暖房効かせすぎだよ、あれ。とくに俺の居るベッドなんか、熱風、モロだからね。目眩おこしそうだよ、なんとかならないかな、暖房」

「――わかりました。じゃ、そこの、窓辺の長椅子でやりましょう。すこしなら、窓、開けてもらっててもかまいません。でも酸素吸入はまだ必要ですから、ここで少し休んで、ベッドには戻ってもらいます。室温はセンターで設定されているので私には何ともなりませんが、風の向きを変えるくらいは、もしかしたらできるかもしれません。それでいいですか。これ以上ガタガタ言うと私がハンマーで殴りますよ」

というわけで、俺たちは室内へ戻った。

Ⅶ

「キエさん、っていう、あのお婆ちゃん」

傍らに立って点滴の確認をしているソバカスちゃんに、俺は尋ねてみた。

「婦長さんとかよく知っている感じだったけど、しょっちゅうここへ運ばれてくる、とか、そういう人なの？」

　広い病室のことで、キエさんの眠るベッドからはかなり距離があったが、それでも無意識に声はひそめ気味になっていた。

「ああ、キエさん」と小さく呟いて、彼女は、一瞬手を止め、それからゆっくりとふりかえって、小柄な老女の眠るベッドに目をやった。

「――ウチの精神病棟に、もう永いこと入院している人なんです。私はまだ日が浅いから実際にはよく知りませんけど、こないだ病気で辞められた前の婦長さんがよくご存知の人で、お話を聞かせて貰ったことはあります。とても」と一瞬言いよどんだあとで、

「――とても気の毒な人なんです」

　俺に顔を戻して、彼女は、言った。

Ⅷ

「ずいぶん、お婆ちゃんのように見えるかもしれませんけど、キエさん、まだ六十三なんです」

　点滴の交換と血中酸素濃度の簡易検査を了《お》え、俺と少しの距離を置いて長椅子に腰を下

ろすと、彼女は、静かにそう言った。

「前の婦長さんの遠縁にあたる人らしくて、幼《ちい》さい頃は一緒によく遊んでた、って、そう仰《おつしや》ってました。でも、他の子供が、どんどん言葉を覚え、ものごとを理解していくなかで、キエさんは、いつまでも幼児のようにしていて、――後《のち》の検査で生まれつき脳に損傷があることが解って、今だったら、それなりに治療法もある、つまり、ちゃんと説明のつく一つの病気なんですけど、当時はまだ、障害に対する認識も不充分で、――本当は、そういう子をこそ、よりいっそう愛するべきなのに、キエさんの場合は逆でした。――キエさんの生まれた家、この辺では名の知られた旧家なんです。県会議員とか市長さんとかを出している、そういう家なんです。だから、――なのかどうか知りませんけど、キエさん、六歳で精神科の施設に入れられちゃったんです。何か忌わしいものを穴に埋めてしまうような、そんな感じだったって、婦長さんは振り返ってそう仰ってました。舅《しゆうと》、姑《しゆうとめ》に責められるまま、泣く泣くキエさんを手離した母親は、きっと迎えにくるからね、と施設の出口まで追ってきたキエさんにそう言ったのを最後に、嫁ぎ先の家から面会も禁じられたまま、その数年後、亡くなったようです。――キエさんの時間は、その時、止まったまま。今でも六歳の気持で、お母さんが迎えにくるのを待ちつづけているんです。生家とは関係を断たれ、行政の都合にふりまわされるように、いくつかの病院を転々とさせられて、ウチの精神病棟に入ったのが、七年前だそうです。一日じゅう病棟の入口の脇の椅子に座って、私たちが入っていくと、お母さんは？　って、そう必ず尋《き》くんです。胸、つぶれそうになります。さみしいだけの年月にさらされてきた、皺《しわ》の深い、小さな顔で、お母さんは？　って、そう言うんです。そんな時のキエさんは、本当に六歳の子供のようで――」

彼女は言葉を切り、膝に置いた自分の指先を静かにみつめた。

「――今日、夕食後に業者さんが薬の搬入をしていた時、パジャマのまま、スルスルと出ていっちゃったようなんです。大騒ぎになりました。警察にも届け、非番の者を呼び出して、付近を探させたりもしました。結局、今は廃屋《はいおく》になっている、六歳までを過ごした生家の玄関で、蹲《うずくま》るように倒れていたらしいです。長く駐在をやってらしたキエさんをよく知る元警察官の方が、もしや、と思って駆けつけて、見つけてくれました。ここへ運ばれてきた時は、体は冷えきって、ほとんど意識不明の状態で――ええ、今は、なんとか、ギリギリの状態ではありますけど、それなりに安定しています。さっきも、ちょっとのぞいてみましたけど、いい寝息をたてて、よく眠ってらっしゃいました――」

ベッドに仰向けになり、俺は、つい三十分ほど前に聞いたそんな話を、思い出していた。

Ⅸ

いつの間にか、またうとうとしていたらしい。かすかな物音を聞いた気がして、ふと目が覚めた。

一瞬、自分がどこに寝ているのかが解らなかった。そして次の一瞬で、この半日の経緯を思い出した。窓の向うは、まだ昏《くら》い。

何時だろう、と思い、傍らに置いたダウンジャケットのポケットからケータイを取り出し、それを開いた。

〈12月25日・SUN・AM5：28〉待ち受け画面の表示がそうおしえてくれる。

――いくらも眠っていなかったんだな、そう思った。

またジャケットを引きよせてケータイを納《しま》おうとしたとき、

「……ウフフ」と小さな声がした。

俺は反射的に、三つ隣のキエさんのベッドの方へ顔を向けた。しばらくそうしていると、すこしの間を置いて、また、ウフフ、と笑う声がした。

それぞれのベッドはカーテンで仕切られているので、もちろんキエさんのベッドは見えない。だがその声は、あきらかにキエさんのベッドから聞こえてくるものだった。

しばらく気配をうかがっていたが、そこに他の誰かが居る様子はない。笑っているのは、キエさんのようだった。そして、物音ではなく、この声で目覚めたんだと、そのことが解った。

すこしの間を置きながら、小さく含み笑う声が、静まりかえった病室に聞こえつづけている。

——普通なら、ちょっと怖いものがあるよな。

と思ってはみるが、不思議と、不気味な気持になったりするようなことはなかった。その声は、看護婦の彼女が言っていたように、本当に、幼子《おさなご》のような、無垢《むく》な響きを、俺に感じさせた。

小さく笑うキエさんが、目覚めてそうしているのか、眠りのなかでそうしているのか、俺には解らない。

ただその、いかにも楽しげな、嬉しげな、小さな笑い声に、俺はなにか救われるような気がした。

俺の知らないところで、俺の知らない人生がたくさんある。俺の知らないところで、俺の知らないかなしみがたくさんある。そのことを、せめて、忘れないようにしよう——そんなことを思っていた時、それまでつづいていた小さな含み笑いが、突然、「待って!」というはっきりとした言葉に、かわった。俺は虚を衝《つ》かれた思いで、キエさんのベッドの方へ顔を向けた。

「キエもいくっ、お母さん、待って!」言葉はそうつづき、そしてそれきり、声はやみ、病室は、しばらくの静寂につつまれた。

　俺は、病室の白いクロス張りの天井を、ただぼんやりと見つめつづけた。センターのモニターに異常が出たのか、慌ただしい足音が室外に聞こえ、やがて数人のスタッフが駆け込むように病室へ入ってきた。

　シャッ、とカーテンを開ける音がして、キエさんっ、と叫ぶ婦長の声がきこえた。

　やがて医師も駆けつけ、キエさんのベッドの周囲はにわかに騒がしくなった。スタッフの交わし合う声や、機械音や器具の音を耳にとめながら、俺はぼんやり、天井を見つめつづけていた。

(……みなさんがいくら手を尽くしても、キエさんを引き留めるのは無理だと思うよ)

　俺は思った。

(……なにしろ相手は、たぶん、神様なんだから)

俺はゴロリと横になり、すこし手を伸べて目の前のカーテンを引いた。開け放されたままの病室の出入口の向うに、救急外来のロビーが見える。

その隅に置かれた、小さなクリスマスツリーを目にとめながら、俺は、聖夜、という言葉を、胸につぶやいてみた。

A DAY 6

I

テーブルの上に、二つの写真立てがある。

若い頃から、もう何十年もずっと俺のそばにあるものだ。

五十を過ぎたこの齢まで幾つもの町で暮してきたが、どこで新しい暮しを始める時でも、わずかな荷物の中から最初に取り出すのが、この二つの写真立てだった。そして、まだ何もないガランとした部屋の、たとえば窓辺に、あるいは流し台の上に、この二つを並べて置いてみるのがそこでの新たな暮しを始める、いわば小さな儀式のようなものだった。

そこには、無論、写真が収めてある。

一枚は、小学四年生の俺達。

もう一枚は、中学へ入学して間もない頃の俺達。

その二枚の写真が、それぞれの写真立てに収まっている。

小学生の時の写真には、俺と、ヨシオと、ケンイチと、タカトが写っている。田舎町のローカル線の線路傍《ばた》で、肩を組み、カメラのレンズを覗き込むようにして笑っている。

もう一枚の写真に写っているのは、中学へ上がったばかりの、俺と、ヨシオと、ケンイチ。

タカトは居ない。

死んだからである。

俺はこの二枚の写真を、ずっと傍《そば》に置いて生きてきた。

タカトを忘れたくない、といえば、そうなのだろう。

ただたんに郷愁にひたっている、といえば、そうでもあるのだろう。

だがそれよりも、たぶん、無意識にではあっても、この二枚の写真を「対」として並べ眺めることで、そこに何か奇妙な落ち着きをいつも感じつづけてきたような気がする。

生きていることと、もう生きていないことの境界が、見つめるほどに、曖昧《あいまい》な混沌《こんとん》としたものに思え、その感覚がいつも、何か不思議な落ち着きを、俺に与えつづけてくれる。

――ああそれにしても、と、写真の中の幼い自分たちを見ながら思う。

あれから、ずいぶん長い時が過ぎたものだ、と。

Ⅱ

いま俺は、窓辺の机の前でぼんやりしている。

目の前には、まだ何も書かれていない原稿用紙がある。頼まれている短篇を書こうとしているのである。

だが一行も書かぬまま、いつからか、壁ぎわに置いたテーブルの上の二つの写真立てを、ぼんやり眺めつづけている。

写真の中の、線路傍で笑っている十歳の俺達の遥か後方には、穏やかな稜線を持つ故郷の山並が写っている。

写真から目を外し、傍らの窓に顔を向ければ、同じ山並が、俺達に過ぎた四十年という時間を笑うように、すこしも姿を変えずに、そこに在る。

夢を見て、故郷を出て、ずいぶん長い旅をして、五年前、俺はこの町へ帰ってきた。

この二つの写真立てを置くのにいちばんふさわしい、生まれ育ったこの町へ。

俺は煙草に火をつける。

通院先の医者から喫煙は固く禁じられているが、相変わらず日に二箱は吸っている。

去年の暮れ、突然呼吸困難に陥り、救急治療センターに数日入院するということがあった。はじめてのことで驚いたが、なんとか無事だった。たぶん何かのアレルギーだったのだと思う。それが何なのかいまもってよく解らない。だから、また起こり得ることでもあるのだろうと思う。次は無事ではないかもしれない、などと考えてみたりする。

人生は、見えないゴールに向って進んでいくマラソンのようなものだな——そんなことを思ってみる。俺のゴールは、この人生のどこらへんに用意されているのだろう。

俺はテーブルの写真立てに、またゆっくりと目を戻す。

おまえはゴールも来ないうちに、自分で走るのを止めてしまったやつだったんだな……

写真の中のタカトに俺は話しかけてみる。

今夜はとりわけ、タカトのことを思い出す。

あの日、わずか十二歳で自殺した、タカトのことを。

Ⅲ

その夜、夢をみた。

夢の中の俺は、小学六年生の子供だった。

公務員だった父が郊外に家を建てる以前の、中学へ上がるまでを過ごした古い平屋の自分の部屋に、俺は居た。

俺は、それが夢であることを、夢の中で解っていた。ああ小学生の頃の夢をみているんだな、と、夢の中の俺は思っていた。

それでいながら、とくに違和感もなく、俺の気分のほとんどは、小学生としてそこにあるのだった。

稀《まれ》にこんな夢をみることがある。それが夢であることを理解しつつ、夢の中の住人として、そこでの時を違和感なく過ごす夢。そんな時の夢は、普段みるような支離滅裂な夢とは違い、もう一つの現実、とでも言いたくなるようなたしかさを持っていた。

家の中は静まっていた。

茶の間の柱時計の振子の音だけが、俺の居る自分の部屋のドアの向うに聞こえている。

息を詰めるようにドアノブを回し、俺は部屋の外へ出た。

無人の茶の間へ入ると、灯りは豆電球だけに落とされていた。その薄明りのなかでも、そこが自分の記憶にある子供の頃の茶の間そのままであることが解った。

柱の時計を見上げると、午前〇時半。

家族は皆寝入っているようだ。

当然だろう。コンビニもファミレスもテレビの深夜番組もない四十年前の午前〇時半は、普通の勤め人の家なら眠っているのがあたりまえの時間だった。

俺は飯台の上に無雑作に置かれている新聞を手にとってみた。記事に関心があったわけではない。気になったのは日付だった。

薄明りのなか、飯台に上り、新聞を豆電球に近づけて、俺は日付を読んだ。

昭和四十年六月十二日。

覚えのある日付だった。

新聞を飯台に置き、俺は改めて茶の間を見渡してみた。

ふとまた、柱時計が目にとまった。規則正しく振子を揺らしているそれを見上げながら、俺は遠い日の風景を思った。

——何時になった？

縁側でミシンを踏みながら、茶の間で遊ぶ幼い俺に母はよく尋《き》いたものだ。

三歳か四歳の俺は、何時何分、という言い方をまだ知らず、「長い針が六のところ、短い針が五と六のあいだ」とそんな応え方をしていた。――まあ、もうそんな時間、と、俺の返事のあとで、母はきまってそんな声を上げたものだ。

買物へ出かける時間も、父の帰りを待つ時間も、すべてを、この時計がいつも教えてくれていた。

いま、奥の八畳間に、あの頃の若い父と母が寝ているのだろうか。俺はそのことを考えた。

そしてその隣の六畳間には、とうに他界した、幼い俺を無条件に愛してくれた祖母が、寝ているのだろうか。

――会いたいな、と思った。

こっちは子供のなりをしているのだから、寝呆《ねぼ》けたフリをして大声でも上げれば、父や母を、そして祖母を起こして、何事かとこの茶の間へ誘い出すことくらい、簡単に出来そうだった。

だが今は、やるべきことがあった。やるべきことがあることを、俺はもう解っていた。

午前〇時半。タカトが深夜のデパートの屋上から飛び下りたのは、午前一時。自転車でパトロール中の巡査が、タカトが歩道に落ちた音を聞いた時本能的に胸ポケットの懐中時計を見たというから、この時間は間違いない筈だった。

急がなければ。そう思った。

俺は茶の間を出て、玄関で小さな自分のシューズを手に取り、それからいったん部屋へ戻って、窓から深夜の通りに出た。

Ⅳ

通りに出た俺は、タカトが飛び下りたデパートへ向って走りだした。

タカトの自殺の動機が何だったのか、一番の友達であったにもかかわらず、俺にも結局はよく解らなかった。

ヨシオもケンイチも、そして俺も、翌朝の教室で担任からその事実を告げられた時、こいつは何を言ってるんだろう、としか思えなかった。まだ教室に来ていないことが気にはなっていたが、死んだ、などと聞かされても、現実感のかけらもなかった。

自殺の原因などを子供なりに考えてみたりしたのは、何日も経ったあとのことだった。

だがヨシオにも、ケンイチにも、そして俺にも、それはやっぱり、よく解らなかった。

おばさんがずっと病気だったことなのか、おばさんの病気以来、おじさんが昼間から酒を飲むようになったことなのか、おじさんは雇われ大工をしていたが、その仕事にもあまり出なくなり、そのせいで家にお金がいつも無かったことなのか、あるいは、おじさんが、ときどき他の女の人を家に連れてくるようになったことなのか。

そうしたタカトの周辺にある事実の一つ一つは、毎日いっしょに遊ぶ俺たちもタカト自身が洩《も》らす言葉の端々から知ってはいたが、それが、自殺、という行為に結びつくなどとは考えもしていなかった。

自殺という行為が世の中にあることは小学六年生でもむろん知ってはいたが、それは大人がすることだと思っていた。

のんきといえば、のんきだったのだろう。

だが、毎日明るくいっしょに俺たちと遊んでいながらも、ときに父親のだらしなさを笑い話のように口にしながらも、タカト自身は、いつも傷ついていたのかもしれない。それが、一日一日、ボディブローのように小さな心を打ちつづけて、いつしかそれが巨《おお》きな重いカタマリとなって、昭和四十年の六月十二日、つまり今夜、真夜中のデパートの屋上に、タカトを誘ってしまったのかもしれない。

俺は商店街の路地を駈け抜けながら、道路の向うの町役場の玄関の時計を見た。

午前〇時四十五分。まだ間に合う、俺は思った。

これは夢の中なのだ、という意識は常にあった。だが、いまこうして俺を全力で走らせているものが、まぎれもない十二歳の心であることも感じていた。

午前〇時五十分。

俺は、町に一軒だけある五階建てのデパートの下に、たどり着いた。

V

デパート裏手の荷物の搬入口に回り、俺は、建物にくの字になってへばりついている鉄製の外階段を見上げた。

俺たちにとって、それは、遊びなれた、勝手知ったる階段だった。デパートの定休日に、俺たちは、これを上って無人の屋上へ行っては、そこでよく遊んでいた。

小ぶりの観覧車や、くるくる回るコーヒーカップの乗り物や、ゴーカート、ピンボールなど、いつもは賑《にぎ》やかに音をたて稼働しているそれらが無人の屋上でしんと静まりかえっている様《さま》は、俺たちに、通常の屋上の楽しさとはまた異《ちが》う、なにか不思議な魅力を感じさせたものだった。

エレベータ前の広場にはペットコーナーがあり、タカトはそこでいつも、水槽の中で泳ぐ色とりどりの熱帯魚を熱心に見ていた。

やつも今夜、この外階段を上っていった筈だ。

俺は靴を脱ぎ、裸足《はだし》で、鉄製の外階段を上っていった。

足音を気にしたのは、誰かが上ってくる気配を感じたタカトが一気に飛び下りてしまうような気がしたからだった。

まだ時間はある。俺は自分に言い聞かせながら、階段を上った。

二段ずつを急ぎ足で上っていっても、ほとんど音を立てることはなかった。自分がいま子供の体であることを、改めて確認させられるような気がした。

VI

階段を上りきり、フェンスの金網の破れた箇所《かしよ》をくぐり抜けて、俺は真夜中の屋上に出た。

タカトが、居た。

ちょうど反対側の、車道に面した表側の端に、やつの小さな影が立っていた。

まずいことに、フェンスを乗り越え、タカトはもう、いつ飛んでもおかしくない状況をつくっていた。

「タカト」

俺は近づきながら、向うむきの小さな影に、そう呼びかけた。ふり向いたタカトは、これ以上ないほどの驚いた目で、俺を見た。

「……リュウジ」

それだけを、呟くように言った。

それきり、お互い何も言葉を口にしないまま、すこしの時が過ぎた。

「……タカト、帰ろうぜ」

俺が言ったのは、それだけだった。

Ⅶ

そして目が覚めた。目覚めてみれば、五十二歳のシケた小説家が、ベッドに居るだけだった。

しばらくそのまま、ベッドの上でぼんやりした。

煙草に火をつけ、意味もなく天井を眺めつづけてみた。入居した時は真白だったクロス張りの天井は、ヘビースモーカーが五年住んだおかげで、いまは全体にうっすらと黄ばんでいた。

この部屋を出る時にはいくらぐらい補修費を取られるだろう、とか、煙を吐きながらそんなことを考えてみた。

ＣＤプレーヤーのリモコンを手に取り、ＰＬＡＹを押す。

入れっぱなしのローリング・ストーンズが〈ギミー・シェルター〉を歌い始める。

俺はベッドを下り、居間を横切って洗面所へ向った。だが、壁ぎわに置いてあるテーブルの脇を通り過ぎた時、何か小さな違和感を覚え、足をとめて、俺はテーブルに顔を向けた。

読みかけの本やら、ＣＤやらが乱雑にころがるテーブルを目で撫でていくうち、並んだ二つの写真立てが目にとまった。

右側に置かれた、小学生の時の写真を見た。線路傍でカメラに向って笑いかけている、オレとヨシオとケンイチとタカトが、そこに写っている。

そして、その隣の中学へ上がった時に撮った写真に目を移した。そこにも、オレとヨシオとケンイチと、そしてタカトが写っていた。

しばらくその写真を見つめたあと、俺は寝室へ戻り、ケータイを手にとった。

アドレスを開いてみると、タカトの連絡先がそこにあった。ケータイの番号のほか、自宅FAX、会社FAXなども登録してあった。

——ここに掛けると、五十二歳のタカトが出るのかな、俺はそこに表示されている番号を見つめながら思った。

だがこれもまた夢なのだということが、俺には解っていた。夢の中の夢から覚めたという夢、なのだということが解っていた。

しかし人生とは、けっきょく、夢の中の夢、の中の夢、の中の夢、のことではなかったか。

おわりもはじまりも匿《かく》した、永劫《えいごう》の夢のことではなかったか。

俺はコールボタンを押し、ケータイを耳にあてた。少しの沈黙のあと、タカトを呼ぶコール音が、一回、二回、耳元で鳴り始めた——

阿《あ》佐《さ》ケ谷《や》

長く生きすぎたのかも知れない。

数年ぶりに阿佐ヶ谷《あさや》の町を訪れ、かつて暮した古いアパートの前に立った時、ふいにそんな気がした。

——自分は長く生きすぎたのかも知れない。

そう思った。

三十代から四十代前半にかけての十年間を私はこのアパートで過ごした。

西陽だけが差しこんでくる二階の四畳半の角部屋で、その頃私は、何かに憑《つ》かれたように、物語を書いていた。

あの時期以前に物語を書いたことなどなく、

あの時期以後に書いたものも、ほとんどない。
ただあの時期だけに、私は書いた。
誰に読ませるでもなく、どこに送るでもなく、
ただ私をそう動かしたあの時期のあの奇妙な熱は、
いったい何だったのだろうと思う。
私は改めて、目の前の古い木造のアパートを見上げてみる。

合わせて十《とお》ほどの部屋を持つ二階建てのアパートの、
その各部屋にそれぞれの住人がいた。
気の合う者もいれば、激しく口論した者もいた。
露店業の者もいれば、日雇いの労働者もいた。
そんな彼らと、語りあった夜もあれば、遊んだ夜もあった。
電気を使い過ぎると、すぐブレイカーの中が焼け落ちてしまい、
アパート全体が突然真暗になってしまうことも暫々《しばしば》だった。
そんな時は、一階に住む最古参のSさんが、
懐中電灯を口にくわえて、器用に内部の器具を

交換して皆に明りを取り戻してくれていた。

廊下がキシみ、階段は傾き、玄関のガラス戸は
ずっと割れっ放しのままだった。
そんな建物の内側で、しかし小さな気づかいがあり、
小さなやさしさがあり、それぞれが隠し持ったかなしみもあった。
そのなかで、私は収入もほとんどないまま、
幾つもの物語を一人書きつづけていた。
そんな十年。

いま久しぶりに目にするアパートは、
もう誰も住まぬ廃屋《はいおく》と没していた。
周辺は雑草におおわれ、
玄関や窓はクギ打ちされて、
そのクギすらが錆《さ》びている。

すべてが、おわっていた。

私は、このアパートで書いた自分の作品たちを思う。各部屋の住人たちが、それぞれの新たな場所にあれから散っていったように、私がここで書いた物語たちもまた、出版という形で世の中に散っていった。

そして作者の私だけが、
そんな廃屋の前に、いつまでもたよりなく佇《たたず》んでいる。

自分の一生は、ここでの十年のためにあったような気がふとする。

そして、長く生きすぎたのかも知れない、また思わされる。


長い一日。

私は自分の今日までをそう思う。

生れて今日まで一睡もせぬまま、生きてきた気がする。

とても長い一日。それがまだつづいている。

そしてなんとなく、もう眠っていいときなのではないかと、思ってみたりする。

一軒の朽ちた廃屋が、そんな気分を私にはこんでくる。

いま、ことさら私に悩みはない。身を裂かれるようなかなしみもなければ、絶望もない。寂しさもない。

生きるというのは、悩み、かなしみ、絶望し、寂しがることなのかもしれない。

だから私はこのアパートでの十年を、あんなにも生きられたのかもしれない。

だから私は、いまこのアパートの前でこんなにも虚《うつ》ろなのかもしれない。

廃屋のひび割れたモルタルの壁に、そっと手をあてると、それが私のことを憶《おぼ》えてくれている気がして、懐かしかった。

記憶

1

戸田《とだ》は窓の外を見ていた。

高原の向うに連らなる山々の、その稜線《りようせん》にぼんやりと目を向けていた。

晩秋の移ろい易《やす》い空には、いつからか鉛色《なまりいろ》の雲が重く垂れこめている。

(……雪になるかも知れない……)

戸田はその雲を見ながら考えた。そしてふと、

——雪は、嫌だな……

何故かそんな事を思った。

戸田はガラス窓に映る自分の顔に静かに目をとめてみた。

(……三十二、三……といった所だろうか……)戸田は、そこに映る自分の顔にそう見当をつけてみた。

戸田は、自分が何歳になるのか知らない。

そこに映る顔が、本当に自分の顔なのかどうかも、戸田のような者には、知りようが無い。

戸田には、かつての自分を示《おし》えてくれるようなものは何一つ残されていなかった。独身だったのか、家族がいたのか、それも分らない。

戸田は、突然産みおとされた大人のようにして、社会に蘇生《そせい》した。

記憶は何も無い。

一年前、係官の運転するジープへ乗せられて、ここへ来、この人里から遠い山荘で管理人として働き始めた、その時からだけが、戸田の記憶の全てであり、戸田の知る自分の人生の全てだった。

ただ、戸田には、かつての自分に関する事で、一つだけ知っている事が有った。それは、ここへ連れて来られる途上のジープの上で、それを運転する初老の係官から聞かされたものだった。

2

「……君はね、終身刑の確定した殺人犯だったんだよ」

山間《やまあい》の道を行くジープの上で、係官は、ふいにそう言った。

話し好きの男らしく、ジープが駆《はし》り始めた直後から、さまざまな話を、彼は、した。

他愛《たわい》の無い世間話が、その殆《ほとん》どだった。

釣りの話と将棋の話が多かった。他人と沈黙の中に居る事に苦痛を感じる性格《たち》の男のようにもみえた。ふと話が尽《つ》きたかに思えても、彼はすぐにまた別な話題を探しだしては、それを口にした。

殆ど合槌《あいづち》をうつ事も無い隣の戸田を相手に、それは長々とつづく独り言《ひとごと》のようにも思えた。その間、車は都心を離れ、郊外を抜け、高速に乗り、それを下り、次第に近づいてくる山の峰々に向って駆りつづけていた。三時間ほどもそんなドライブが続く頃になるとさすがに係官も話題に窮《きゅう》した様子だった。少しの沈黙があった後で、係官は、初めて世間から離れた話を、戸田にした。

「……君はね」

と彼は言った。

「終身刑の確定した殺人犯だったんだよ」

そうつづけた後で、「まあ、記憶は無いだろうがね」そう言い添えた。

戸田は助手席で車の揺れに身を任せながら、ぼんやりと連らなる山々を見ていた。見ながら、係官の口にした言葉を、ただ虚《うつ》ろに受けとめていた。

土くれの細い山道を音をたてて進みながら、ジープにはまた短い沈黙が落ちた。係官は、晩秋の山を渡る風に顔を浸しながら、何かを考えているふうだった。これ以上喋《しゃべ》っていいものかと、それはそう自問しているような沈黙にも思えた。タイヤが一つ石を弾《はじ》き、それが車体に跳ねて短い音をたてた。それをサイドミラーに見やりながら、

「……言ってみれば、君はね」

と係官は再び口をひらいた。

「……まあ政府の試作品のようなものなんだよ……」

彼はまた、好きな「お喋り」を始めた。

3

「……脳にね、手術がしてあるんだ」

彼は言った。

「君の脳だよ」静かにハンドルを操《き》りながら、そうつづけた。「……私の学生時代の友人が、このプロジェクトに参加していてね、それで知ったんだけど、まあ、正直いって驚いたね」

係官は、チラと隣の戸田に目を向けた。或《ある》いは戸田の頭の内部に目を向けたつもりだったのかも知れない。

「……医学的な事は私にゃ良く分らない。要するに、頭の中の余計な部分を、君は、その手術で取り払われてしまったようだね。憎しみだとか、怒りだとか、極端な場合は、いわゆる他への破壊的な衝動だとか、そういうものに結《つな》がる脳の回路をね、すべて断ち切ってあるらしい。何しろ君みたいな人に、そんなもの残しておくと危なくて仕方がないからね。ま、そのお陰で、君はこうして、晴れて再び社会へ出る事が出来たって訳だ」そう言ってギアを落としながら、「しかし、まさかねえ、政府がこんな事やってるとはねえ……」

係官は首を振るようにして、そうつづけた。

「もっとも、今の所、公《おおやけ》の政策としてやってるって訳でもなくて、一部の、まあ何と言うか、極端な考えを持つ高官らが中心になって秘密裡《ひみつり》にやってる一つの実験らしいんだがね。——なにしろ、ちょっと過激だからね、今の内閣。二〇二〇年だったかな、今の総理が就任したのは。あれから色んな事やり始めただろ。死刑を廃止したのは意外だったけど、でも今思うと、すでにこういう構想があったのかなって気もするよね」

係官は、興にのってきたように喋りつづける。

「……なんでも、アレだそうだね、人間なんて、頭ン中いじくれば、どうにだってなっちゃうんだってね。善人にだって、悪人にだって出来ちゃうんだってさ」少し声の調子を変えるようにして、係官はそんな話をした。

「詳しい奴に言わせると——いや私にこの事を教えてくれた奴だけどね、やつに言わせると、善だの悪だのって、そんなものは簡単に言やあ、要するに頭の中を走り回ってる信号の違いに過ぎないんだってさ。脳内物質の量の違いや、その流れ具合の違いに過ぎないんだってさ。何だかよく分らない話だよね。私は大学を出て、今の政府関係の仕事に就《つ》いてもう三十年になるけどね。まあアレなんだろうね、私なんかの頭の中には、きっと平凡な信号ばかりが、ずっと走り回ってきたんだろうね。学者の言うことは身も蓋《ふた》もないよ。オレの人生はしょせん脳味噌《のうみそ》の信号か、って思っちゃうよ」

係官は、笑いながら煙草を出し、片手ハンドルで器用に火をつけると、吸うかね、と言うように隣の戸田にそれを差し出してみせた。戸田は穏やかに首を振って、それに応えた。係官は、煙草を制服の胸ポケットにしまいながら、

「……だけど、そう考えるとさ」

と晩秋の山肌を、ひとつ見た。

「いわゆる悪いやつ、ってのは、つまり、そういう種類の信号に支配されるまま悪い事をやってる訳でさ。——そう思うと、犯罪者とはいっても、なんか気の毒な気もするね」チ

ラと隣の戸田に目をやり、係官はプカリと煙を吐いた。

「——しかしまあ、そうは言っても、やっぱり悪人は困るからね、それは私達の都合として、そうだからね。——そういう意味じゃ、法律なんて都合なんだね。都合が変われば法律だって簡単に変わってゆくんだろうね。だから、君のようなケースにしたってさ、国民の都合さえ整えば、ごくごく当り前の制度になっちゃうんじゃないのかな。悪人をわざわざつくるってのなら話は別だけど、悪人を善人に生まれかわらせるって言うんだから、ま、すくなくとも聞こえは悪くないやね」

係官は静かに煙草を喫《の》んだ。

4

ジープは次第に山の懐《ふところ》深くへ入って行く。係官は軽やかにハンドルを操《き》りながら話をつづける。

「……それにまあ、みんな富める市民になっちまってさ、分の悪い仕事は誰もやろうとしないだろ? いくらコンピュータが発達したって底辺にはやっぱり人手が必要だからね。人口はどんどん減少していくしさ、人手は要《い》るわ、やり手はないわで、これから君のような人が必要になるだろうって、アタマのいい人達が、そう考えたんじゃないのかな」

戸田はジープの揺れに身を任せながら、そんな話を、ぼんやりと聞きつづけている。

「……しかしまあ、世論、っていうのが有るからね、人権だ何だって大声上げるのが好きな国だしね。囚人を、そんな国民奉仕ロボットみたいに造り変えちゃうなんてさ、人権以前の、とっぴょうしも無いハナシだもんね。――でもまあ、ものごとの始まりはいつだって、とっぴょうしも無いもんさ。だからこんな事も、そのうち当り前の事になってゆくのかも知れないね。世の中、行き詰まってるからね。刑務所なんかにしたって、もうパンク状態もいい所だしね。何でこんなに犯罪が増えたかね。犯罪者喰わせていくのに国家予算の一割近くを費《あ》ててるって言うんだからたまったもんじゃないよ。だからそういう人を、どんどん有用な形で社会に戻すって言う、そんな発想が出てきても、そう不思議じゃない気もするね。そういう技術が、もう、有るんだからね。何だかんだ言ってもさ、みんな結局は、きれいに、豊かに暮したいんだからさ。やな仕事、やりたくない仕事、面倒な仕事、それでいて社会の維持に欠かせない仕事、そんなものを、そういう人たちが無償でやってくれりゃ、こんな有難い事は無いんでさ、それでまあ、とりあえず君のようなひとをつくってだね、簡単な実務を執《と》らせてみて、様子をみて、そういう実績をつくった上で、はじめて世論に問う――政府としては、まあそんな所なんじゃないの。――あれ？　道、間違ったかな?」

係官は、そう言って荒っぽく車を停《と》めると、それからダッシュボードから地図を取り出し、それに暫《しばら》く目を落とした。

「……ああ、さっきの細い道《やつ》を右か。……どうでもいいけど、ずいぶんな田舎《ところ》だね」

独り言のようにそう呟《つぶや》きながら、車を強引にターンさせて、係官は、また土くれの山道にジープを駆《はし》らせた。

「……君が、これから行く所はね、政府の持ってる施設で、この先にある山荘だ。私も初めて行くが、立派なものらしいよ。広い客室が十ばかり有るって事だったな。一般客も無論来るがね、偉いさんの家族とかも来る。君はそこの管理人として、これから働くんだ」

そうつづけた係官の横顔に、戸田は、はじめて、静かに目を向けた。澄んだ、穏やかな眼差《まなざ》しだった。

「不安かい?」

正面を見たまま、係官は、それに応えた。

「何、大丈夫さ。当局の方で、ずっとモニターしてくれてるしね。まあ術後まもないんで、まだ少しぼんやりしているかも知れないが、君には、ちゃんと感情は残されているんだからね。だんだん戻ってくると思うよ。きっといい管理人になるさ。何しろ人を害するような神経を全部とっぱらわれてしまってるんだからね、こんな安心な管理人は無いやね」係官は、笑った。

やがてジープは、その瀟洒《しょうしゃ》な山荘の広い庭先に停まり、戸田はそこで車を下ろされた。

「君のための衣類その他、必要なものは全て用意してある。君の部屋に揃えてある筈《はず》だ。詳細はこれに書いてあるから、読んでおきなさい」

そう言って一束の書類を手渡すと、

「ま、のんびりやるんだね。君の新しい人生なんだから――」

そんな言葉を残して、係官は、去って行った。

そして戸田は、ひとり、この山荘で暮し始めた。

（……あれから、ちょうど一年が経つ……）

戸田は、ガラス窓に映る自分の顔をみつめながら、そう胸に呟いた。

5

山荘に客はあまり無かった。

この一年で、それはわずかなものだった。

政府発行の許可証が必要であるという煩雑《はんざつ》さも有るのだろうが、あまりに人里から隔たっている事が、その大きな理由のようにも思われた。空気は澄み、風景も素晴らしかったが、それを求めてこんな所まで足を延ばすよりも、人はもっと手軽で猥雑《わいざつ》な楽しみをより求めるものなのだろうと、戸田は思った。

それでも時折、写真家や、或いは学者などが、この高原を訪ね、山荘に宿を求めてくれる事もあった。戸田は、心からの誠意で、彼らを迎え、もてなした。そうする事だけが、戸田にとっての唯一の幸福といってもよかった。

だが日々の多くは、世話をする客も無いまま、その広い山荘に、戸田は一人で目覚め、一人で働き、一人の食事をとり、そして一人で眠りについた。ことに冬場は、そうだった。ちかくに小さな畑を作り、その世話をするくらいが、戸田の日々のささやかな楽しみだった。定期的に街から届けられる豊富な食材の多くは、使われることもほとんど無いままキッチンの冷凍庫に眠りつづけた。

だが戸田は、そんな毎日を別に不満に思うでもなく、退屈を感じるでも無かった。そうした事を感じる感覚自体が、自分の体からは取り除かれているようにも思われた。

戸田は、ただ、客に奉仕したかった。

時折訪れる旅人たちを精一杯の心でもてなし、そして彼らと、ひととき語り合うような時間が持てれば、戸田はそれで、充分満たされた気持になれるのだった。

午後には、よくコーヒーを飲んだ。

十キロほど離れた山間の村に住む画家が、自分で挽《ひ》いた豆だと言って、くれたものだった。

画家は、月に一度ほど戸田の山荘に遊びに来ては、数時間の時をそこで過ごして帰って行った。戸田にとって、画家と談笑して過ごすひとときは、日々のなかでの貴重な心たのしい時間だった。画家は、端整な顔だちをしたこの青年が、どういういきさつでこのような辺鄙《へんぴ》な山荘の管理人などをしているのかと、時に不思議に思うこともあったが、とくにそれを詮索《せんさく》してみる気もなかった。画家にとって、そこに居るのは、礼儀正しい、善意にあふれた、好意を持たずにおれない一人の好ましい青年だった。画家には、それで充分だった。

——そして、一年が経った。

戸田は、ぼんやりと窓を見ている。

日々くりかえされる一枚の絵のような、静かな時間だった。

それが、いつもと少し違ったのは、戸田の目が窓向うの風景を離れ、ガラス窓に映る自分の顔に、いつからか、つよくそそがれている事だった。

ここへ来てから初めて感じる、こころのゆれのようなものを、戸田は感じていた。

窓外には、重い色をした鉛色の空から、一つ二つと、その冬最初の雪が、静かに舞い始めていた。

ふいに戸田は、それまで思うことの無かった事を、ふと胸に思った。

(俺は誰を殺したのだろう……)

静寂の張りつめた広間の窓辺で、戸田ははじめて、そんな事を胸に呟いた。

6

（俺は一体、誰を殺したのだろう……）

戸田は、胸に繰り返した。

自分が囚人であったという事も、そしてそれが殺人という行為からのものであった事も、戸田は知識としてはすでに知っている。

だが、それ以上の事を知る術《すべ》は、戸田には無い。それを知りたいと思うことも無く過ごしてきた一年でもあった。知ろうとする感覚自体が、戸田には塞《ふさ》がれている筈でもあった。それが、何故いま、ふいに気になるのだろう――戸田は自分を訝《いぶか》しんだ。そんな事は考えずに居たい――戸田は思った。戸田は現在の生活に満足していた。ささやかなよろこびだけが僅《わず》かにあるこの暮しを、戸田はただ、つづけられる時までつづけて行きたいと思っていた。そのことに一つの生活として満たされてもいた。それでいい――戸田はそう思った。

だが、ふいに何処《どこ》からともなく頭をもたげてきた疑念《おもい》は、戸田の心に静かに搦《から》みついて離れない――

(俺は誰を殺したのだろう……)

戸田は、それだけを、窓の外に向けて呟きつづけた。

どんな状況の中で、何が欲しくて、誰が憎くて、……俺は、そうしたのだろう……

戸田は静かに窓を見た。

いきおいを増し始めた雪が、白いカーテンのように揺れ動いている。

(……激しくなったな……)そう思った時、記憶の、どこかずっと遠いところで、何かが、ちいさくざわめく気がした。

(……もしかしたら)

戸田は思った。

(……俺は雪の日に誰かを殺したのかも知れない……)

そんな気がした。

7

彼らが突然山荘を訪ねて来たのは、山が初雪をみた、その数日後の事だった。本格的な冬になろうとするその時期に客が来るのは、戸田にとって思いがけない事だった。そして思いもかけなかった事であるだけに、それは一層大きなよろこびを戸田に与えた。戸田は心はずむ気持で彼らを迎え、そしてもてなした。男女それぞれ二名ずつの、四人の大学生のグループだった。

彼らの、その屈託のない若さは、すぐに戸田とも打ち解《と》けた。その日の夕食の後のお茶の時間は、戸田にとって久々に味わう楽しい談笑のひとときとなった。その、くつろいだ雰囲気のなかで、戸田は彼らに、どうしてまたこんな何も無い所へ？　といった意味の事を尋ねてみた。

「自然が好きなものですから」

そう応えたのは、皆に恵美子《えみこ》と呼ばれている娘だった。文学部に籍を置くという二十歳の恵美子は、二人の青年のうちの佐伯《さえき》という男の恋人であるらしかった。同じ大学の四年生である佐伯の卒業と同時に二人は結婚する事が決まっているのだと、これはもう一人の田村《たむら》という青年が戸田に教えてくれた。佐伯は浅黒い肌を持つ肩幅のがっちりとしたスポーツマンタイプの男だったが、田村は、それとは好対照と言っていい細《ほっそ》りとした色白で、どこか知的な雰囲気を感じさせる男だった。

もう一人の娘は由美《ゆみ》といったが、これも清楚《せいそ》な雰囲気の恵美子とは対照的に、ぽっちゃりとした、ふくよかな感じで、よく喋り、よく笑う、賑《にぎ》やかな娘だった。由美と田村は、この旅行が初対面らしく、特別な仲では無いようだ。田村は佐伯の高校時代の友人で、由美もまた、恵美子の友人だった。

「自然が好きなものですから」と言った恵美子の言葉通り、彼らは毎日肩を組むようにして外へ出かけて行った。幸いに好天つづきだった。彼らは、高原や、林や、沼を持つ湿地帯の周りなどを青空の下に歩き、そして健康な笑顔と共に夕方の山荘へ帰ってきた。

それから話題の尽きる事の無い夕食をとり、夜は軽く酒を飲み、或いはコーヒーとケーキをたのしみ、ギターで歌を唄ったり、カードゲームをしたり——そんな陽気で若々しい彼らとの時間を共に過ごしながら、戸田もまた、どこか心はずむような気持で彼らの世話に当りつづけた。彼らの滞在予定の一週間は、またたく間に過ぎていった。

8

明日は山を下りるという最後の夜、夕食後、戸田を含めた五人はいつものように広間に集《つど》い、くつろいだ会話を夜が更けるままに続けていた。

そのうち由美が、最後の夜だから皆で一人ずつ何か得意なものを披露し合おう、とそんな事を言い出した。他の三人も、それに賛同した。まず由美が先頭をきってタレントのものまねなどをやってみせた。

そうしたものに戸田は疎《うと》かったが、それでもたまに見るテレビで多少は知るタレント達の真似なども飛び出してきて、手を叩いて笑ったり、感心したりした。

佐伯は、その大柄な体に似合わない器用な手つきでトランプ手品などを披露した。時折たねがまるきり分ってしまうような場面もあったが、それもまた愛嬌《あいきよう》で、真剣な顔付きの佐伯をサカナに皆で大笑いしたりした。

手品を了《お》えてソファに腰を沈め、佐伯は恋人である恵美子に目線を投げ、次は君だよ、といった風に微笑《ほほえ》みかけた。恵美子は少しはにかむような様子で、じゃあ、と立ち上り、広間の隅に置かれたピアノに向い椅子に座った。一瞬の静寂の後、静まった広間に美しい旋律《せんりつ》が流れはじめた。

「素晴らしい」と弾き了《お》えて佐伯の隣に戻ってきた恵美子を、田村と由美が拍手で迎えた。戸田も惜しみのない拍手を送った。どうも、と恵美子は微笑んで、すこし気恥ずかしそうにそれに応えた。

それから、残った田村と戸田を見比べるようにして見ていた由美が、何か意味ありげな目をして、「戸田さんも何かやってよ」と口にした。

え、という顔で由美を、そして三人を、戸田は見た。まさか自分が名指しされるとは考えていなかった。

「――いや、私は何も出来ないから……」と苦笑して頭を掻《か》いた。

三人は――とりわけ由美は、そんな言葉では戸田を許しそうになかった。

「駄目駄目、戸田さんも何か、やってくれなくちゃ」少し強い調子で、由美は言った。

「……弱ったな」と戸田は途方にくれた。

「じゃあ、こうしましょう」

と田村が戸田に助け舟を出した。

「僕は趣味で研究している催眠術を、ここでやってみようかと思ってたんだけど、術をかける相手を誰にしようかって迷ってた所なんです。だから僕が戸田さんに術をかける事で、二人の出しものってことにしようかと思うんだけど――どうだろう?」田村は三人を見た。

「いいわ、それで」と由美が、やけにあっさりと田村の提案を受け入れた。佐伯も肯《うなず》いて、ひとつお前の御手並拝見といこうか、と笑った。

「よし、じゃあ、あっちの大きなテーブルに移ろう。戸田さんは僕の向いに座って下さい」

田村がそう言うと、他の三人は腰を上げて広間の中央に据えられた円形の大きなテーブルへ、それぞれ歩いた。

戸田はしかし、何か不安気な様子でソファに腰を下ろしたまま、そこから離れようとしなかった。

「ホラ、戸田さん、早く」由美が明るく、そう促《うなが》した。

「戸田さん、大丈夫ですよ」

田村は、戸田の不安気な様子を敏感に感じとったらしく、テーブルのそばから、そう声を掛けた。「本当に僕の腕で眠らせる事が出来るかどうか、ちょっと試してみるだけですから」

そうつづけた田村の隣で、佐伯も、「すぐに術は解かせますから、大丈夫ですよ」明るくそう言った。

「それに催眠術をかけられた後って、すっきりして寧《むし》ろ気分がいいっていいますよ」と由美。

そんなふうに三人が口々に戸田の不安を和らげようと努めるなか、恵美子だけは、少し伏目がちな顔で、テーブルのコーヒーカップを見つめていた。

戸田は、ためらっていた。

恐かったのだ。

催眠術などという得体の知れないものが自分の内《なか》に入って来て、それが閉ざされた記憶の向うから、何か怖ろしい自分の姿を引きずり出してくるのではないかと。

しかし、三人の明るい呼び掛けが続くなかで、戸田は少しずつではあったが、自分の気持が落着いて行くのを感じた。

別にどうという事は無いのじゃないか。そう思うことが出来る気がした。

すこし眠ってしまうだけの事だ——それも術が成功したらの事で、何ともならない事だってある——

そして何より、彼らは私の大切な客で、そしてこの一週間、彼らと一緒に過ごすことで、こんな自分までをも、愉快で若々しい気分にさせてくれた……

「さ、戸田さん、早く」

由美がそう急《せ》かしたのを機とするように、戸田はゆっくりと、ソファを離《た》った。

9

広間中央の円いテーブルを五人の男女が囲んでいる。

広間と外界とを仕切る大きな一枚ガラスの窓には、冷え込んだ夜の闇だけが映し出されている。その彼方《かなた》の峰々の稜線が、まるで寝そべる竜の背のように黒々と見えていた。

その窓を背にして田村は、向いの戸田を黙って見つめつづけている。その左に、佐伯、恵美子、右に由美が居る。三人の目は、田村と同じように、先程から、じっと、眠る戸田の顔にそそがれている。

戸田は目を閉じ、すこし右肩を下げるような格好で、ただ穏やかな息づかいだけをつづけている。

由美が、その戸田の顔の前で、指を鳴らしてみたり、広げた手のひらを動かしてみたりするが、戸田に反応は無い。

「完全ね。もう何をしても起きないわ」

由美は呟くようにそう言い、それから佐伯に顔を向けると、

「この人、本当に人殺しなの？」

そう、きいた。

10

「……ああ、間違いない。親父が酔っぱらってそう言ったんだ。……三人、殺しているらしい」

「三人……」と由美は目を開いてみせると、「状況を、詳しく説明してよ、どんな事件だったの?」と身を乗り出すようにして佐伯を見た。

「いや、来る途中でも話したように、そこまでは聞き出せなかった。なにしろ重犯罪者の脳に細工して社会復帰させるなんて、それ自体が、まだトップシークレットらしいからな」

「親父さん、免職もんだな」と田村が笑う。

「よせよ。だけど警察関係の上層部の人間は大概知ってるみたいだぜ。マスコミが騒がないのが不思議なくらいだよ」

佐伯は、手に持った水割りを口に運びながら応えた。

「君の親父が直接扱った事件なのかい?」

「いや、直接にはやってない口ぶりだったな。十年前の事件だから、まだ現場には出ていた筈だけど——何しろ酔ってたからな、よく分らないよ」

「酔っぱらって他に何を言ったの？　お父さん」と由美。

「人を何人も殺したような人間を幾ら洗脳したからといって社会に戻すなんて言語道断だって怒っててな。それでその人は今何処に居るのかって、しつこく聞いたら、この山荘の名を口にしたんだ」

「……でも、こんな感じのいい人が」

三人の会話を黙って聞いていた恵美子が、ぽつりと口にした。

「……ああ、一緒に居て感動しちまうくらいいいひとだよな。とても、そんな人だったとは思えない……」

佐伯はそう言って恵美子を見る。

「……恐るべきは医学の力ね」と由美。

「と言うより、学者の好奇心なのさ」

色白の田村が唇に薄い嗤《わら》いを浮かべて言う。「この人を見てると、この国の政治家どもの脳味噌にこそメスを入れてやりたい気がするよ。政治という場にこそ、このひとのような無私な心が必要な筈なんだけどな」

そんなことを続けた田村に、

「……そろそろ、始めてみろよ」

佐伯が声をかけた。

「そうだな」静かに肯き、田村は持っていたコーヒーカップをテーブルに置いた。

「……ねえ」と恵美子は傍《かたわ》らの佐伯の膝に手を置き、「やっぱり、やめましょうよ、こんなこと……」そう言って、その顔を見上げた。

「大丈夫だよ。何かヤバくなれば早《す》ぐに術を解けばいい。そうだろ田村?」と佐伯は田村にきく。

「まあな」とだけ田村は応えた。

佐伯は、田村を顎《あご》でしゃくってみせると、恵美子に、「こいつに任せておけば大丈夫だよ、高校の時からこんな事ばっかり夢中でやってるんだから。こういう事にかけちゃ、天才なんだよ、コイツ」と笑った。

その時、何気なく窓を見た由美が、あら、と声を上げた。

「——雪だわ、あんなに……」

その声に、三人も窓を見た。

外界と広間を仕切った、その大きな一枚ガラスの向うに、いつからか白い雪片の群れが、音も無く大地におちつづけていた。

11

「——僕の言葉、分りますか？」

田村がゆっくりと話しかけると、戸田は、ちいさく肯いた。

「これから貴方《あなた》に幾つか質問させて頂きたいのですが、答えてもらえますか？」

戸田はまた、静かに肯いた。

「では、まず貴方の名前を、聞かせて下さい」

「——戸田……詠二《えいじ》……です」

「職業は？」

「この山荘の管理を、やっています」

「ここへは、いつ来たのですか」

「一年前の、秋です」

「それまでは何処に居たのですか」

「——刑務所……だと思います」

田村と戸田のやりとりを、じっと聴いていた三人が静かに目を合わす。

「……どうして〝だと思います〟なのですか？」田村は質問を続ける。

「私は囚人だったらしいからです」

「どうして〝だったらしい〟のですか」

「記憶が無いのです」

「何故、記憶が無いのですか」

「脳に手術を、されたらしいです」

「手術をされた事は憶《おぼ》えているのですか」

「いえ」

「それでは、どうして手術をされたと思うのですか」

「そう聞かされました」

「誰にですか」

「私をここへ連れてきてくれた係官にです」

「他にも何か、その係官は貴方に話しましたか」

「はい」

「どんな事をですか」

「その人の家族の話とか、趣味の話とか」

「貴方に関する話も他にしましたか」

「はい」

「どんな事をですか」

「私は、政府の試作品のようなものだと話していました」

「他には？」

「私のような者が、これから必要になってゆくだろうと」

「貴方の犯した罪について、その係官は話してくれましたか」

「はい」

「どんな事ですか」

「人を殺した、と」

「どんなふうに、ですか」

「分りません」

「係官は、それを話しませんでしたか」

「はい」

「貴方自身の記憶にも無いですか」
「はい」
「じゃあ、どこからなら思い出せますか」
「目がさめた時から、です」
「それは、いつ、どこで、ですか」
「一年前の秋に——場所は良く分りませんが、何処かの施設のベッドの上でした」
「それ以前の事は何も思い出せませんか」
「はい」
「思い出せる筈ですが」
「……いえ、何も」
「これまで自分で思い出そうとしてみた事は有りますか」
「はい……一度」
「思い出せませんでしたか」
「はい」
「今も、そうですか」
「はい」

「今は思い出せる筈ですが」

「いえ、何も」

「本当に無理ですか」

「はい」――

田村は、小さな息を一つ吐《つ》き、椅子に背をもたせかけて煙草に火をつけた。

「やっぱり無理なのかしら」と由美が三人の顔それぞれに目を走らせる。

田村はゆっくりと煙草を喫み、高い吹き抜けの天井から下がったガラスのシャンデリアに向けて、静かに煙を吐いた。

しばらく、そうしてぼんやりしていた田村は、やがて灰皿に煙草を押しつけ、それから再び、戸田に向きあった。

12

「脳は、心ではありません」

田村は戸田に向かって、まず、そう言った。

戸田の内《なか》に何かを圧《お》し込もうとするような、断定的で強い声音《こわね》だった。その声に、戸田の体が、一瞬、微《ちい》さな反応を見せたように、傍らの三人は思った。

「脳は、心では、ありません」

戸田に向い、田村は、ゆっくりと、そう繰り返した。

そして、自分の発した言葉が戸田の内《なか》に浸透し浸蝕《しんしよく》していく様《さま》を確かめるように、田村は、いったん黙り、そして待った。

みじかい静寂の後、

「脳は、心では、ありません」

田村は、繰り返した。

その様子を見ている、佐伯、恵美子、由美までもが、何か妙な暗示にかけられていくような、田村の声音と抑揚は、独特な響きを持っていた。

そんな田村の横顔を見ながら、佐伯は、つい数ヶ月前の高校のクラス会でのことを思い出していた。二次会で、やはり今夜のように、同窓生の一人が田村の〝術〟にかけられた。テニス部の主将をやっていた気のいい男だったが、田村は、そいつの記憶を遠い過去まで遡《さかのぼ》らせて、憶えている筈もない二歳児、一歳児の頃の記憶を語らせたりしていた。

そのうち田村も興がのってきたのか、あるいは周囲の者が煽《あお》ってそれを求めたのかは忘れたが、誕生時の記憶、胎児だった時の記憶、しまいにはその前世の記憶までを、そいつに語らせはじめた。前世は古代中国の農民だったというテニス部の元キャプテンは、目を閉じたまま、しかしまるで眼前でまさにその風景を、いま見ているかのように、自分の暮しぶりや、周囲のあれこれを活き活きと語ってみせた。

馬鹿馬鹿しくもあったが、しかし興味深くもあった。

佐伯はそんなことを思い出している。

――戸田は、どうだろう。

傍らで向いあう田村と戸田を見ながら、佐伯は思った。

「――戸田さん、脳は心では、ありません。心は、脳などでは、ありません。誰も、人の心に手術など、できません。戸田さん、分りますね?」

一転して田村は、ささやくような抑えた声で、戸田に語りかけた。その語りかけに、戸田は、一瞬の間をおき、かすかに、肯いた。田村は続ける。「――誰の心にも、その人、その人、それぞれのたくさんの思い出が詰まっています。僕の心も、そうです。そして戸田さん、あなたの心も、やはりそうです。あなたの記憶は、今も、そこにちゃんとあります。僕の言っていることが分りますか?」

戸田は静かに肯く。

「あなたは今、それを言葉にできる状態にあるのです。戸田さん、それを、話してみませんか。話すことで、思い出してみませんか。何よりあなた自身が、それを思い出したいと思っているのではありませんか？」

田村の言葉に、戸田は肯きかけて、それからふと、ためらうような表情をみせた。田村は畳み掛ける。「戸田さん、あなたの過去へ、いきましょう。失ったあなたの記憶の中へ、いきましょう。あなたには、何よりもそれが必要な筈です」そう続けた田村の強い口調が戸田の迷いを断ち切ったのか、戸田は、ゆっくりと、肯いた。

「……じゃあ、い、い、い、いきましょう」

田村は、指を掛けたまま押せずにいたボタンを、やっと押すように、そう言った。

13

「……何が、見えていますか……」

田村が静かに語りかける。

「ここで働く自分が見えます」戸田は応える。

「それはいつごろの貴方ですか」

「数日前だと思います。あなた達も居ます」

「結構です。そこからゆっくりと時を遡って行きましょう。一月前、半年前、一年前、……どうです、何が見えていますか」

「係官とここへ着いたばかりの私が居ます」

「結構です。そこからもっと遡ってみましょう。二年前、三年前、どうですか、何か見えますか」

「……何も見えません。真っ暗な闇があるだけです」

「……じゃあ、その闇のなかに降りて行きましょう。何処までも、何処までも、深く、静かに、何かが見えはじめるところまで、ゆっくりと何処までも入って行きましょう。――どうですか、戸田さん」

唇をきつく結び、どこか苦しげな表情で黙り込んでいた戸田が、やがて静かに口を開いた。

「――風景が、見えてきました」

「詳しく話して下さい」田村が促す。

「山が連らなっています。夕暮れ時で――ああ、ここは私の生まれ育った町です」

「貴方は何をしていますか」

「姉と、――手をつないで小さな橋の上を歩いています」

「お姉さん、と?」

「はい」

「貴方は幾つぐらいのようですか」

「六つ、か、それぐらいのようです」

「お姉さんは?」

「七つ、か八つ、姉は私よりも二歳年上でした」

「他に何が見えますか?」

「母が向うに見えます。姉と私に手を振っています」

「お母さんは何をしていますか」

「野良着を着て、――何か畑仕事をしていた所のようです」

「――懐しいですか?」

「……はい。とても――」

「じゃ、そこから、遡った時間を今度は逆に戻って来ましょう。ずうっと、ゆっくり、現在の貴方に向って戻って来るのです。――戸田さん、どこかで、たとえば血まみれになっている貴方、或いは血まみれになって死んでいる人のそばに居る貴方を見つける事は出来ませんか?」

「……はい。見つけられます」

「話して下さい」

「男が、首を切られて死んでいます。そばに血のついた包丁を持った私が立っています。

……」

「どうぞ、つづけて下さい」

「……女が一人、逃げようとし、私はその女の髪を掴《つか》み、その背中に包丁を突き刺しています」

「そこに二人の死体と、貴方が居る訳ですね。他には誰か居ませんか?」

「姉が——います」

「お姉さんが?」

田村は、戸田を見た。

「……お姉さんが、その現場に、居らっしゃるのですか?」

「はい」

「お姉さんは、そこで、どうされていますか」

「……姉は、私の足元で、倒れています。——気を失っているようです」

田村は他の三人を見た。三人は無言で、田村をただ見つめかえした。田村は戸田を見る。

「——そこに何故お姉さんが倒れているのか、貴方に分りますか？」

「……はい」

と肯いた戸田の顔を静かに見つめ、田村は穏やかな声で、戸田に話しかけた。

「——戸田さん、どうでしょう、貴方には、貴方のこれまでの人生の全てが、もう、そこから見えているのではないかと思うのですが——」

田村の問いかけに、戸田は静かに肯いて応える。

「……では、僕に、あなたの今日までの人生を、話して貰《もら》えますか？」

「はい」戸田は応えた。

14

「……私は姉を愛していました。姉と私が、私の母の再婚による血のつながりの無い関係である事を知ったのはずっと後の事ですが、私は幼い頃から姉に対して淡い恋心のようなものを抱いていました。

姉はとても美しく、そして優しく賢い人でした。近所の誰からも愛されているような人間だったと思います。私が高校を卒業する頃、私たち姉弟《きょうだい》が実は他人である事を両親に聞かされました。それ以来、私たちは急速にお互いを異性として意識するようになりました。卒業後、私は市役所に勤め始め、姉は同じ街のデパートに、すでに勤めていました。時には夕方に待ち合わせて、二人で映画を観たり、お茶を飲んだりするような事もありました。私達の気持は恋人のそれに近いもので、肉体《からだ》を重ねるような事こそありませんでしたが、二人で居ればそれだけでとても幸福な気持だったのです。両親の目には、仲の良い姉弟ぐらいにしか映らなかったかも知れませんが、私は時期をみて、姉との結婚を切り出すつもりでした。それは、周囲を驚かせこそすれ、けして許されない事では無いと思えましたし、こっそりそれを打ち明けた叔父などは心から祝福してくれた程でした。私は姉のそばにずっと居たかったし、姉もまた、そうだったと思います。私の、そして姉も見ていただろうそんな私達の夢は、或《あ》る一人の男に因《よ》ってズタズタに切り裂かれました。——

その男は姉の勤めるデパートの上司で、姉が入社したての頃から姉を好色な目で狙っていたようです。それは、後に姉の同僚だった人から聞いた話で、男は妻子がありながら姉に対して執拗《しつよう》に誘いをかけたり、上司の立場を利用して、姉一人を残し商品整理の手伝いをさせたりと、そんな事を平気でやるような男でした。

男のそういった性癖は社員じゅうの知る所でもあり、姉も充分に警戒していた筈なのですが、勤めも二年ほどが過ぎた頃、姉はとうとう、男の手に、落ちてしまいました。

それからはもう、坂を転げ落ちるように姉とその男は、男女の関係を深めていき、姉はその頃から、たびたび外泊するようになりました。姉とその男の関係は私たちの両親の知る所にもなり、私も何度か姉に対して意見めいた事を口にした事もありましたが、その頃の姉には何を言っても無駄な事でした。やがて姉はデパートも辞め、家を出、街に部屋を借りて男の愛人のような生活を始めました。男は今に妻子と別れて姉と一緒になる、といったような事をずっと言い続けていたようでした。姉はいつか二十四歳になっていました。女性の、最も華やかで、最も輝かしい時間を、姉はその男に捧げてしまっていたのです。

夕暮れに私と待ち合わせ、二人でお茶を飲んだり、食事をしたり、そして気持のどこかでお互いが同じ未来を見つめ合っていた事など、もはや遠いおとぎ話のように思い出されました。姉が二十五を過ぎた頃、一度姉のアパートを訪ね、話をする機会がありました。

姉はその時、ひどく穏やかな顔をして、もうじきあの人と一緒になれる、と私に話してくれました。やっと、ね、と姉は嬉しそうに微笑み、そして、ごめんね、と私に何かを謝りました。私は穏やかな姉の微笑に救いを見つけた気がして、それまでの事はともかく、心から、それからの姉の幸福を願いました。

やがて、男は、妻子と別れるには別れましたが、再婚の相手は姉ではなく、姉よりも若い、或る資産家の娘でした。

姉の驚愕《きょうがく》と、そしてそれから襲ってきた奈落のような絶望は、姉の心をずたずたに傷つけていきました。まるで、無防備な子供を後ろから崖下に突き落とすような、そんな男の仕打ちは、時が経つほどに、姉の精神状態を普通でないものにしていきました。そして決定的な出来事が、数週間後に起こりました。

男に離縁された元の妻が、深夜突然に酔って姉のアパートを訪れ、これ、アンタでしょ、そう言って数葉《よう》の写真を姉に投げつけました。男に捨てられた姉はそのままアパートで一人暮しを続けていました。すべてがぼんやりとした、虚ろな精神状態で暮していた姉は、その時も、投げつけられた写真の一枚を、拾うでもなく拾い、それに目を落としました。そしてそこに写っているものを目にしたとき、かろうじて平衡を保っていた姉の精神は、なすすべもなく、壊れてしまいました。それは全裸の姉の、様々な恥態を撮った写真で、姉との蜜月時代に男が撮ったものでした。女は、男がこの写真を売りさばいて小銭《こぜに》を得ていた事を姉に告げ、そして、ざまあみろ、そう言って笑ったそうです。――これは、後に事件を調べた刑事さんが隣の部屋の住人から訊《き》きだした事でした。

その夜、姉からの電話があったのは午前四時を少し回った頃でした。私はまだ実家で両親と暮していました。姉は虚ろな声で私に、ごめんね、ごめんね、と何かを謝りました。どうしたんだ、何があったんだ、と問いかけても、ごめんね、と姉はそう繰り返すだけで、やがて泣きくずれた様子で後はもう何を言っても応えてくれませんでした。心配する両親を家に残し、私は姉のアパートへ車を駆《はし》らせました。夕方から降り始めた雪が、薄く道路に積もっており、車が何度も横滑りした事を憶えています。何とか姉の部屋へたどり着くと、開いたままのドアの向うに、刃物でめった突きにされた男の別れた妻が血まみれで死んでいました。姉の姿が無いことに、私は咄嗟《とっさ》に何かを確信し、そして考えるよりも先に、あの男が新しい妻と暮し始めた資産家の屋敷へ車を駆らせました。凄《すさ》まじい雪と風がフロントガラスの前方で舞い狂い、それはそのまま、姉の心の中の風景のように私には感じられました。

私の漠然とした確信は不幸にも現実のものとなりました。姉のかつて愛した男は、首から血を流し、そこに倒れていました。姉は両手で包丁を握りしめたまま、呆《ほう》けたように、そのそばで一人座りこんでいました。傍らに、はずれたままの受話器がぶら下がっており、姉は朦朧《もうろう》とする意識のまま、そこから私に電話をかけたようでした。私は姉の手から包丁を捥《も》ぎとり、これは私がやった事にしよう、咄嗟にそう思い、そうする事に何のためらいもありませんでした。姉は、精《せい》も根《こん》も尽き果てたかのように、ばたり、と横向きに倒れると、そのまま意識を失いました。その時、それまで何処に隠れていたのか、男の新しい妻が音をたてて外へ逃げ出そうとしました。私は女を追いかけ、玄関口で髪を摑み、気がつけば、その背中に包丁を何度も突きたてていました。いま思えば、すでに私自身も正常な精神状態ではなかったのだと思います。姉の犯行を知る者を残してはならない、その時の私を活《うご》かしていたのは、ただそれだけでした。――

やがて駆けつけた警察に私は身柄を拘束され、三人を殺害した容疑者として勾留《こうりゅう》されました。

姉は失神状態でいる所を保護され、その後暫く入院生活を送ったようです。幸いな事に、姉は、その夜の一切の記憶を失くしていました。私は警察の取調べに対し〝姉は私の凶行をやめさせようと追いかけてきて、余りの事に気を失ったのだ〟とそれだけを供述し、当局も、最終的にはそれを信じてくれました。姉を慕《した》うあまり、その恋路を阻《はば》む三人の人間を殺害した男――私はそういう者として、裁判を受け、そして終身刑を言い渡されました。……姉が、今どうしているのかは知りません。私が服役しているうちは、両親のもとに戻り、家事を手伝って過ごしていたようです。頻繁に面会に来てくれた姉は、そこでも、ごめんね、と私に何かを謝っていました。事件の詳細は姉の記憶には全く残っておらず、それは本当に、私たち二人にとって、とても幸福な事だったと思います……」

戸田は静かにそう言い、そして言葉を閉じた。

15

戸田が話しおえた後、田村はしばらくの間、口を開かなかった。

そしてやがて、「……戸田さん、ありがとうございました」そう言った。

それから、一つ深い息をして、「……じゃあ、戸田さん、これからこちら側の世界に、戻って来て貰います……この山荘で働く一人の管理人としての貴方に、また戻るのです……その際に、いいですか、戸田さん、今、僕に話してくれた事柄の一切は、また貴方の記憶のなかから完全に消されてしまいます。そしてもう二度と思い出す事は、ありません。それは二度と目覚める事なく、貴方の記憶の奥深くに永遠に眠りつづけるのです。いいですね、戸田さん」

田村は、静かにそう語りかけた。

戸田は目を閉じたまま、しかしその表情に何かかすかなためらいの様なものをうかべて、黙っていた。田村は少し怪訝《けげん》な表情で、「……どうしました?」そう尋ねた。

「あの……」

と戸田が口を開いた。

「……私は……このまま……ここに居る訳には、いかないでしょうか……」

「え?」と田村は、目を開いて戸田を見た。

16

「……こちら側に……ずっと居たいのです……」

そうつづける戸田に、田村は、はじめて、予期せぬものに出会ったような戸惑《とまど》いを覚えた。

「いや、……しかし……」と田村は一瞬言葉を見失ったあと、「……しかし……そこは、貴方にとって、あまりに辛《つら》い場所、なのではないかと、思いますが……」そう続けた。

「……ですから、出来るなら……もっと昔の……姉の手をとって故郷の道を歩いていた頃の、私のなかに……私を置いて貰えないでしょうか……」

四人は顔を見合わせた。

短い沈黙が、真夜中の広間に静かに張りつめた。

「……そんなこと、出来るの？」

感情の起伏が激しいのだろう、目を潤ませた由美が、囁《ささや》くように田村に尋ねた。

「……分らない」田村は応え、暫くテーブルに目を落とした後で、「……いや、出来る、筈だけど」そうつづけた。

田村は、ゆっくりと戸田を見た。

「……しかし、そうすると、戸田さん、今こちら側に居る貴方は、多分、意識の無い脱《ぬ》け殻《がら》のような存在になってしまいます……それにもう二度と、こちら側の世界には、戻れませんよ……」そうつづけた。

「……かまいません」戸田は静かに応えた。「……私は、出来るものなら、あそこに……あの、毎日を姉とすごしていた懐しい日々の中に、居たい……ふる里の、山や、川や、母や父や、そして私達の家が有り、幸福があった、あの場所に……出来るものなら、私は、もう、ずっと、居たい……」

田村は、テーブルに目を落とした。

それから、ゆっくりと他の三人を見た。

佐伯も、恵美子も、由美も、何を口にしていいのか分らぬまま、黙って互いの顔を見つめ合った。

どうしよう……？　というふうに田村は佐伯を見た。佐伯は暫く黙った後で、

「しかし……出来るのか、そんな事が」

と田村を見た。田村は、少し宙に目を置いた後で、

「出来るさ……存在というのは、つまり意識なんだから」と言った。

「そうさせて、あげたいわ……」

由美が、佐伯と田村に言った。

「……しかし……」と田村は、またテーブルに目を落とした。そんな田村から目を移し、
佐伯は、

「……君は、どう思う？」と隣の恵美子にきいた。

「……分らない……」恵美子は、自分に呟くような声で、そう応えた。

田村は、ずっとひとり考えこんでいる様子だったが、やがて目を上げて、向いの戸田を見た。

「……分りました、戸田さん」

田村は言った。

「僕には、そうする事が、いいのかどうか分りませんが、貴方が、そうしたいと望まれるのなら――」

「お願いします……」戸田は応えた。

田村は静かに肯いた。

「……分りました。……じゃあ、そこへ、行きましょう……貴方が、まだ幼かった日の、貴方の故郷の町へ、その故郷の道で、お姉さんに手をひかれて歩いている、幼い日の貴方自身の中へ――帰りましょう……意識としての貴方は、そこに居る幼い日の貴方自身のなかへ、重なって、同つ《ひと》になるのです……こちらへ戻ってくるすべは、そのとき、断たれる事になります、言わば、今はまだ通じている通路が、完全に塞がれることになります。……それで、いいですね?」

戸田は、肯く。

「……じゃあ、――そうなさって下さい……」そう言ってから田村は、

「戸田さん」とやさしく呼びかけた。「……出来るなら、そこから、貴方の、そしてお姉さんの、過ちの無い人生がつづいていく事を、僕たちは祈っています」田村は、そんな事を言った。

「ありがとう。――さようなら」

戸田は応えた。

「――さようなら、戸田さん」

田村は戸田を、見送った。

17

一つの魂が、たしかに旅立ったのだろう、戸田は、ガクリと項垂《うなだ》れ、そのまま砂が崩れるように床に落ちた。

恵美子が駆け寄り、その脱け殻の様な体を抱き起こしながら、「この戸田さん、は、どうなるの?」振り向いて田村にきいた。

「……分らない……」と田村は応え、「……一種の痴呆状態の様になるのかな……」そう言った。

「……こんな事して……よかったのかしら……」戸田に顔を戻し、恵美子が呟く。

「……分らない。でも、この人が、そう望んだんだ」田村は、自分に確かめるように応えた。

その田村の肩を佐伯はポンと一つ叩き、

「……とにかく、隣の部屋へ運んで、この人を寝かせてあげよう。今やるべき事は、それだけだ」そう言った。

18

戸田を広間に隣接する客室のベッドに寝かせ、四人は広間へ戻った。

窓辺のソファへ思い思いに腰を下ろし、それぞれが、重い吐息のようなものを吐いた。

何か、ひどく疲れていた。四人は虚ろな表情で、暫くは誰も、その重い口を開こうとしなかった。

「……あいかわらず、降っているのね、雪——」恵美子が、窓を見て、ぽつりと言った。

由美がやりきれなさそうに、「明日、山を下りられるかしら、早く街に戻りたくなっちゃったわ、私」とつづけた。

「何か飲もうか、少し腹も減ったな、恵美子、何かつくってくれよ」佐伯が言い、恵美子は小さく返事をして、低い仕切りの向うのキッチンへと立った。

「僕は熱いコーヒーがいいな」田村が言い、「じゃ、私、淹《い》れてきてあげる」と由美もキッチンへ向い、恵美子と並んで食事の仕度を始めた。

ピザと、コーヒーと、ウイスキーとサラダなど、有り合わせのものがテーブルに並び、四人は少し気が紛れて来たのか、時折ちいさな笑い声なども交えた談笑を、そこでつづけた。

「しかし……気の毒な人だったんだな」

と田村は、話を戸田に戻した。

「とても愛してたのね、お姉さんの事」

由美は呟く様にそう言ってから、

「……でも、あの人、これから一生あんな脱け殻みたいな感じで生きてゆくのかな……」

と、壁向うの客室に目を向けて言った。恵美子は隣でコーヒーを口に運びながら、その手をふと止め、

「――でも、ほんとうの戸田さんは、きっと、遠い日の幸福な風景のなかで生きつづけて行くんだわ……そう思いたい」

そう言って、それから、田村に目を向け、「……その場所から、あのひとの違う人生が開けて行く、なんて事……有るのかしら？」

そう尋ねてみた。

「――分らないけど……」と田村は恵美子を見ると、「でも、あっても不思議じゃ無いね……僕らの窺《うかが》い知れないところで、そんな事が、あっても、僕には、不思議じゃないね」そう応えた。

「……でも、やっぱり、恐い気もするわね」由美が声を落として恵美子に言う。

「何が？」

「だって、幾ら愛していると言ったって、お姉さんを守る為に、何の恨《うら》みも無いその男の奥さんまで殺しちゃった訳でしょう？」

「……そうね、確かに」恵美子は肯き、「……たとえ、お姉さんの犯した惨状を目のあたりにして正気を失った上での事だった、としても、……確かに、そうね」そう応えた。

「私、殺人事件の目撃者になんか絶対なりたくないな」由美が声の調子を上げて言った。

「何の恨みも無いのに、ただ口ふさぎの為だけに殺されるなんて、そんな死にかた、死んでも死に切れないわ……」

そんな由美の言葉を隣で聞きながら、恵美子は窓向うに降りつづく雪をぼんやりと見つめた。そのうち、ふと何か不安な気持になり、はっとした表情《かお》で傍らの佐伯を見た。

「何？」

佐伯は優しく笑って、恵美子に尋ねた。

「……いえ」

と恵美子は応え、

「……ごめんなさい、何でもないわ、何か違う話をしましょうよ」

そう言って微笑んだ。

「そうね、とりあえず今夜は、もうアレコレ考えるのはよしましょうよ」

由美が声を張ってそう言い、四人は、また酒を飲んだり、他愛の無い事を喋ったり、山荘の最後の夜を少しでも楽しもうと努めた。恵美子も、佐伯の水割りをつくってやったり、皆との会話に興じたりしていたが、頭の隅には、先程耳にした由美の言葉が、ぼんやりと聞こえつづけていた。

――私、殺人事件の目撃者になんか絶対なりたくないな
恵美子は、それを考えていた。

……戸田にとって、自分たちは、今まさにお姉さんの犯行を知った目撃者たちなのではないのか……

恵美子は、窓を見た。

そこに舞いつづけている雪が、またすこし激しくなったような気がした。

19

……その雪が、戸田の眠る客室の窓向うにも降りつづけている。

灯りをおとした暗い部屋のベッドの上で、戸田は死んだように眠りつづけている。窓からの淡い雪明りだけが、その端整な横顔を青く映し出している。人里から隔絶した山間の一軒の山荘に、魂を持たない一個の肉体と、その魂を旅立たせた四人の若者たちの集う広間とが、壁一つを隔てて静かに隣り合っていた。

眠る戸田の体の上には広間で交わされる若者たちの会話が低く落ちつづけている。脱け殻となったその肉体は、それを聞く事も無いまま、ただそこに横たわりつづけている。激しさを増す一方の雪だけが、そんな戸田の姿を窓越しに見つめながら、静かに落ちつづけていく。

ふいに強い風でも吹いたのか、雪が渦を巻くように一瞬舞い上り、それが夜気を切り裂いて短い音を一つたてた。どこか人間の悲鳴にも似た鋭い音だった。その音に、戸田のなかに眠りつづけていた何かが幽《かす》かに反応した。反応して、それはそこで微《ちい》さなうごめきをみせた。深海から一個の微小な泡が立ちのぼるようなかすかなうごめきだった。だがうごめく事によって、それはその周囲を僅かに揺らした。揺られて、やがて幾つもの泡が、そこから立ちのぼり始めた。

立ちのぼって行くのは神経の襞《ひだ》深くに封じ込められた記憶の泡たちと言ってよかった。主《あるじ》の去った肉体の、或いはその事に因《よ》って弱められた封印の隙間から、いまや無数の泡が何処かへ向って立ちのぼっていく。立ちのぼりながら、それらは、外界に降りつづける雪の気配をいつか感じとっていた。いつか雪は、泡たちに完全な目覚めを与えた。それは旅立った魂が肉体の内《なか》に置き捨てていった記憶の残像だった。それがやがて静かに明滅する信号の群れとしてその肉体を流れ始めた。肉体は無数の記憶たちの巣となった。記憶たちは姉の犯行を知る者たちを残してはならなかった。

戸田は静かに目を開けた。

君の幸福は僕の幸福

1

君の幸福は僕の幸福。

アパートのトイレに蹲《しゃが》んだまま、三郎《さぶろう》はそんな言葉をふと思いついた。「君の幸福は、僕の幸福」。呟《つぶや》いてみて、そうか、コレだな、と一人肯《うなず》いてみた。便器に水を流し、トイレを出た。手を洗い、ベッドに寝ころがると、煙草をくわえ火をつけた。窓に爽《さわ》やかな青空が見える。

「今日もヒマである」

そう呟いて三郎はケケケと笑った。

三郎は三十二歳になる。独身で、都心のアパートに一人住んでいる。働く事が、昔からキライである。それで半年程前に勤めを辞め、毎日ブラブラと何をするでも無く過ごしている。カネは殆《ほとん》ど底を尽《つ》きかけていたが、何ものにも束縛されない毎日が三郎は心地よくて仕方がない。スキな時に眠り、スキな時に起き、スキな時に出かけては、そこでスキな事をした。無駄に過ごそうが、愚かに過ごそうが、時間の全てを、ともかくも自分の意思で塗《ぬ》り潰《つぶ》してゆく事が三郎の何よりの願いである。であるから、三郎は現在の無職の暮しがひどく心地よい。心地はよいのだが、しかしどうしても金銭の不足に因《よ》る充《み》たされない物欲というものが少しばかり不快ではある。

しかし、その不快を解消する為に勤労というものが必要であるとするなら、三郎は一瞬たりとも迷う事無く「勤労」よりも「不快」を選ぶであろう。

しかし物欲の「不快」を解消するのは何も勤労ばかりじゃあるまい、と三郎は思ってみたりもする。何か他に方法はあるだろうと、日々そんな事ばかり考えている。そうして、トイレに蹲んで、「君の幸福は僕の幸福」。そんな言葉を、三郎は発見したのである。

三郎は街へ出た。

やってみよう、と思ったのである。

君の幸福は僕の幸福、というヤツを、である。

三郎とて幸福にはなりたい。しかし幸福な暮しを造り上げるのは大変なコトである。そんな大変な思いをしてまで幸福になどなりたく無い。大変な思い、というのは、つまり、大変であるに決まっているからだ。

ところが世間には、すでに幸福を手にした奴がいる。コレを放って置くテは無い。三郎はそこに気がついたのである。街で、見るからに幸福そうなヤツを見つけ、その幸福を共有させて貰《もら》おうという訳である。それがつまり、君の幸福は僕の幸福、なのである。——といって、金をネダる、とかそういった物理的な話では無い。ネダった所で呉《く》れるものか。そういう事では無いのである。もっと深遠な、この精神界の深部への干渉《かんしよう》を試みようとする、三郎にしてみれば哲学的にして形而上学《けいじじようがく》的な実験なのである。それは、三郎の深い宇宙観に基《もと》づき、しかも大便をしながらふと組み立てられたという完璧な理論なのでさえあった。

2

——幸福とは。

三郎は真昼の都会を歩きながら胸に呟いてみる。

幸福とは、たとえば金だとか、女だとか、或《あ》るいは名声だとか、そういった具体的な事象それ自体が所有しているモノでは無いのである。無論それらが世に言う所の幸福を形成する重要な構成要素である事を三郎は疑っていない。だが幸福とはそれら自体では無いのだと三郎は考える。幸福とは、それらを味わう事に因って、その味わっている人間の心の中にポカリと咲く花のことである。

その、花、こそが、幸福、それ自体なのである。様々な事象は、その花を咲かす為の言わばコヤシに過ぎない。しかし、そのコヤシが花を咲かす為に不可欠なモノである事は言うまでも無い。だから、皆、そのコヤシを手にする為に日夜頑張っているのである。

三郎は頑張らない。咲いた花だけを分けて貰おうというコンタンである。

誰かの心に咲く幸福という名の花を少し分けて貰い、そして貰ったその花を自分の心にそっと植えつけさえすれば、あくせくする事無く、また誰と競ったりする事も無く、自分の心は、突然に、必ずや幸福に充たされたモノになるであろうと言うのが三郎の理論なのである。

その花びらの一枚一枚には、この世の悦《よろこ》びといったコヤシがたっぷりと染《し》み込んでいる。

金銭が染み込み、名声が染み込み、なんだか怪しい三泊四日の台湾旅行が染み込んでいる。

(うーん、コレだな)

三郎は、一人だらしなく笑いながら、舗道に置かれたベンチに腰を下ろした。手には途中のファストフードで買った熱いコーヒーを持っている。それを一口飲み、三郎は煙草に火をつけた。

気持のよい青空である。

目の前の大通りには車が行き交い、舗道には人が溢《あふ》れていた。

——君の幸福は僕の幸福。

人混みの中で、ポツリ、三郎はまた呟いてみる。

3

さて、三郎のこんな理論は如何《いかが》なものであろうか。人に聞かせるならじっと見つめられた挙句《あげく》に「阿呆《あほ》」といわれて、それでオシマイ。そういうモノでは有るだろう。

だが三郎は、そうは考えない。そして信じてみる。そして信じる所にモノ事は現出《あらわ》れる。

「想う事は、在《あ》る事だ」かの坂口安吾《さかぐちあんご》はそう言った。合掌。

ともかくも、と三郎は思う。

心、などと言うものは形の有るモノでは無い。また個々の肉体の中に閉じ籠《こ》もってばかりいるモノでも無い。想いをハセる、などとも言うではないか。それは時として、その肉体を離れ、時空を超えて自由に飛び回る事さえしてしまう身軽なヤツである。ましてや幸福にトキめいている人間の心ともなれば、定めしウキウキとその幸福の花びらを辺りに浮わつかせているに違いない。そうに決まっている。それを我が身に取り込んでしまうだけの吸引力を俺の心が持てば、それで良いのだ。出来ぬ事では、無い。

そんな力強い戯言《たわごと》を胸に呟きながら、三郎は賑《にぎ》わう街を眺め、そこに適当な幸せ野郎は居ないかと煙草をふかしつづけた。

その時、通りの向う側に一台の高級車が停《と》まり、そこから一組の男女が舗道に降り立つのが三郎に見えた。男は高価そうなスーツを着込んだ背の高い中年で、その中年男の腕に、ハデなコートを着たスタイルの良い若い女が、その長い髪を揺らしながら甘える様にして絡みついている。絵に描いたようなシアワセ二人組だ。二人はそのまま向いの舗道を少し歩き、二十メートル程先にある通り沿いの喫茶店に入った。

これだ、と一つ声をあげ、三郎は煙草を捨てた。その、何だか羨《うらや》ましい中年男の人生の悦びを自分のモノにしてみようと思ったのである。

ベンチを離《た》ち、三郎は通りを横断《わた》って自分もその店に入った。

4

二人は窓際に席をとってウェイターにオーダーを告げている。三郎は少し離れた席に座り、やがて水を持って来た店員にコーヒーを注文《たの》んだ。三郎は何気ない素振りで窓際の二人を眺めた。連れの女は、びっくりする程イイ女だった。

(あ、びっくりした)

三郎は一応胸にそう呟いてみた。女の高価な香水が、ぷん、と三郎のテーブルまで匂ってくる気さえした。

二人は、何やら楽しげな会話を弾《はず》ませながら、コーヒーを飲んでいる。昼下がりの店内には客もまばらで、クラシック音楽が静かに流れていた。店員が三郎の前にコーヒーを置き、去った。それを一口啜《すす》り、それから煙草に火をつけて、ゆっくりとそれを喫《の》んだ。

(幸せそうにしてやがるなあ)

チラと中年男の横顔にそう思い、それからポツリと、

(君の幸福は僕の幸福)

また、そう呟いて、三郎は一人ウムウムと、肯いた。

それから、煙草を灰皿に消し、一つ深い息をして呼吸を整え、心の中でエイヤと声を発すると、三郎は、グインと全ての意識をその肉体の中央に集め始めた。

三郎は感覚の鋭敏な男である。

馬鹿なのかも知れない。

その馬鹿の一念が、肉体の中央に音をたてて雪崩《なだ》れ込み、そうして、グイン、グイン、とやがて加速をつけて回転し始めると、そこに一個の重力を持った〝場〟が発生した。

場、の照準は、窓際の席に座る中年男の生命波にピタリと合わされている。

（ンンンン。……）

三郎は目を閉じ、集まったオノレの念を、より速くと回転させつづけた。おかしな客だと思われようがどうしようが知った事では無い。三郎は、念、を高め、そして回転させつづけた。

三郎は回転する。

グングン回転する。

なおも回転する。

三郎の意識の中で、それは光速をも超えた凄《すさ》まじい速さで回りつづけている。コメカミに汗が噴き出て来た。念が巨大な重力を持った手応えが感じられる。フイに中年男の名前が三郎の中に飛び込んで来た。飛び込んでそれは、或いは飛び込むよりも先の一瞬に三郎の中に溶け、三郎は、それがまるで昔から馴染《なじ》んだ自分の名前であったかの様な〝記憶〟めいた実感を自分の肉体の何処《どこ》かに感じた。

《鳩麦太郎《はとむぎたろう》》

それが男の名であった。

へんな名前だと思ったが、(まあいいだろう)と三郎は一つ肯いた。(その調子だ。その調子でヤツの人生をオレに運んで来い)

三郎は自分の念にそう語りかけながら、尚《なお》も、その回転を昂《たか》めていった。その強力な重力が鳩麦太郎の情報を次々と呑《の》み込み、そして三郎の内《なか》に溶けた。

《身長178センチ。体重78キロ》

念が三郎の中にそれを溶かしつづけてゆく。溶けると同時に、三郎は、それを〝想い出す〟ように体感して行く。

(よしよし。いいだろう。プロフィールはもうその辺でいい。もっと気持の良いヤツを持って来い)

三郎は念にそう要求する。

(昨夜のセックスでもいい。リムジンの乗り心地でもいい。それらが咲かせたヤツの幸福

の花びらをオレに運んで来い。頼むぞ）

《○○県　○○郡　○○村字《あざ》××出身》

三郎の脳の中に、ふと侘《わび》しい寒村の風景が映し出された。

（意外とマイナーな奴だったんだな）

男のプロフィールは続々と三郎のものとなってゆくが肝心の「幸福の花びら」は仲々運ばれて来ない。三郎はまだ回転が足りねェかと尚も加速を昂めた。それはさながら銀河の果てで吼《ほ》えつづける中性子星《パルサー》の姿にも似て、その回転の産み出す重力に引き寄せられて男の人生の断片が次々に三郎の中に飛び込んで来た。三郎はその一つ一つを確かに体感してゆく。だが「幸福」は運ばれて来ない。三郎は尚もギャンギャンと念を回転させつづけた。

三分程そうした時、ポン、と頭の何処かが吹き飛んだ気がして、三郎は、ガチャリと目を開けた。

「あいテテテテ」

三郎は頭を斜めに傾けて、右手で「患部」を押さえた。

ひどい痛みがした。

（いんいちがいち。ににんが、し）

咄嗟《とっさ》に九九の声をよんだ。

(大丈夫だ)

とりあえず、それだけを確かめてみたが、今少し不安が残る。なにしろ、頭が、ポン、と言ったのだ。

(しちはち、ごじゅうろく。はっく、しちじゅうに。……。合ってるか?……。合ってるな。オーケイ。オーケイ)

そんな事をしている内にも頭痛はつづいている。

「お客さん……あの、お客さん」

気がつくと蝶ネクタイをした若い男の店員が三郎を覗《のぞ》き込んでいる。三郎に合わせて、店員も顔を斜めにかしげていた。

「何だよ」

三郎は店員をにらみつけた。

「いえ、あの……大丈夫、ですか?」

「何が」

「何が、って。……なんだか、お悪いようで」

「い、い、お悪くなんかねえよ。いいから、アッチ行ってろ」

三郎は、店員を手で払ったが、ああ、と呼び止め、

「あのな。ちょっと、こう、頭がシャキッとする様な、濃い目のコーヒー、一つ、持って来てくれ」そう頼んだ。去りかけた店員は立ち止まり、それから少し考える様にした後で、

「えーと。濃いめ、と、言われましたか?」と三郎を見た。

「ああ」と三郎は肯く。

「そうすると……マンデリン、とか、或いは、ブラジル、とか、そういった銘柄、でしょうか?」

「ああ。それでいいよ」

「ウチ、ブレンドだけなんですよ」

あはははは、と笑ったウェイターを三郎は殴ろうかと思ったが、神経に力を込めるとまた頭が痛み、

「いテテテテテテ」

と力無く「患部」を押さえた。それから、

「あのな」

と三郎は囁《ささや》くように言い、「俺は今、頭がポンと言って痛いんだ。それだったら、ブレ

ンドの濃いヤツ、一つ持ってきて下さい」優しく、そうつづけた。「畜生、痛《いて》ぇなあ。……」かしこまりました、と頭を下げて立ち去る店員を眺めながら、三郎は、痛む頭の、その辺りを軽くさすった。

やがて運ばれて来た、その墨汁のようなコーヒーを啜りながら、(何故うまくいかなかったんだろう)と三郎は考えた。痛みは何とか治まっていた。煙草を咥《くわ》え、火をつけて、チラと窓際の二人を見た。二人は相変わらず楽しそうに何か話していた。時々、女の笑い声が聞こえてくる。三郎はボンヤリと店の天井を眺めた。

(俺の完璧な筈《はず》の理論の何処に間違いが有ったのだろう)そう考えた。バッハのカンタータが遠く静かに聞こえている。その旋律《せんりつ》をボンヤリと耳にとめながら、三郎は煙草をふかしつづけた。

そうしている内に、ふと、一つの映像《イメージ》が三郎の心に浮んだ。それは、細胞が果てし無く何処までも連らなっている、そんな映像《イメージ》である。

(何だコリャ)

と三郎はそれを見つめていたが、そのうち、おお、と思いつく事が有り、

(そうか。これだな)と胸に呟いた。新たな理論を又一つ発見した気分だった。

（そうか）

三郎はゆっくりと煙草を喫み、その理論を宙に眺めてみた。

たとえば、である。

指先の一個の細胞を針で突き刺せば、その瞬間、その痛みに全身が反応するではないか。また、美しい女《ひと》と唇を交えるならば、その唇の細胞の得た悦びは瞬《また》く間に全身を駈《か》け抜けてゆくではないか。人間一人の肉体は六十兆個ほどの細胞から成っていると聞く。その六十兆個の細胞が、一瞬にして、たった一個の細胞の捕《と》らえたその意味を共有するのである。思えば、人類、というこのバカ巨《デカ》い生きものの、自分もまた一個の細胞である。であるなら、その意思を持って臨《のぞ》みさえするなら、或る特定の人間のその人生を共有出来ぬ筈は無い。

（出来ぬ筈は無いのだ）

三郎はこの理論に満足を覚え、また煙草を喫んだ。

「部分《ひとつ》は全部」

三郎はその理論をそう名づけてみた。それは、「君の幸福は僕の幸福理論」を、更に発展させ、そして改めて強く裏付けるモノに思われた。

（じゃあ、どうして、うまくいかなかったのか？）三郎の想いは、またそこに舞い戻る。考えるよりも、もう一度、相手を替えてやってみようと三郎は思った。馬鹿の一念である。席を立ち、店内をレジへと歩きながら女と語らっている中年男にチラと目をやる。

（いつまでもそうしてろ、この鳩麦太郎）心の中でそう毒づいて三郎は店を出た。

ウ、と太陽が眩《まぶ》しく、三郎は目を細めて青空を見上げる。それから、一つよろけて、ゆっくりとまた通りを歩き始めた。

（それにしても、そろそろハタラかなきゃ、だなあ……）

歩きながら三郎はそんな事を考えてみる。

いやだなあ、と声に出して呟いてみた。

三郎にしてみれば、働く事は何をするよりも面白くない。なんだか哀しくさえなってくる。働く哀しさ、と、飢え死にする悔しさは、どちらがこの身に受け入れ難いだろうと三郎は時々考えてみるが、どっちもどっちだなと、大概そう思う。そう思う事への報《むく》いとして、アキラメやクルシミが三郎の生活に棲《す》みつく様になったが、同時に、アキラメやクルシミと生きる暮しの中で、自由が日々を宝石に換えてゆく不思議さが、またそこに生まれもした。

それは錬金術に似ている、と三郎は思ったりする。勘違いなのだが。

通り沿いのファストフードの店で、チーズバーガーとコーラを買い、それを頬張りながらフラフラと歩いている内に、三郎はいつか高層ビルの建ち並ぶ辺りに出た。見ると、その中庭のカフェテラスの辺りで何か人だかりがしている。何だろう、と近づいてみると映画だかテレビドラマだかの撮影をやっていて、人だかりはそのヤジ馬達だった。昼休みの事で、若いＯＬ達が十重二十重《とえはたえ》にその現場を取り囲んでいる。やがて耳を覆いたくなる様な歓声が彼女達の間に湧き起こると、近くで待機していた車から一人の男が現れ出て来た。テレビなどは殆ど観ない三郎でも、その男の顔には何となく憶《おぼ》えがあった。今、やたらと人気の有る二枚目タレントで、「寝てみたい男性タレント№１」などと言われている男だった。

(俺は寝たくない)

そう呟いて三郎はその場を離れかけたが、ふと思いかえして、もう一度、その撮影現場に目を向けてみた。

ＯＬ達の熱い溜息《ためいき》をその全身に受けて、スラリと背の高い二枚目はカメラの前で何やら胸クソの悪い演技みたいなモノをしていた。

(コイツで試してみるか)

そう考えた。容姿に恵まれ、金も、女も、栄光もほしいままにしているだろうこのくそったれタレントの幸福に手を出してみるか、そう思った。

人だかりを少し離れ、カフェテラスを見下ろすブリッジに立つと、照準を、その二枚目の生命波に合わせ、三郎は、己《おのれ》の念を、また静かに昂め始めた。

今度は頭をポンと言わす事は無かったが、結果は、やはり三郎の思う様なモノでは無かった。二枚目タレントの、生いたちやら、何やら、そうした、人生の様々な断片は確かに三郎の中に吸収され消化されていったが、その〝幸福〟は運ばれて来なかった。

(何故だろうなあ)

高層ビル群を見上げる陽だまりのベンチに腰を下ろし、三郎は考えた。

(理論に誤りは無い筈だ)三郎はそう思う。現に、様々な、その人生の断片を三郎は確かに受け取る事が出来た。いや、それは断片と言うよりも、その肉体の経て来た人生そのもの、と言ってよかった。あの中年男にせよ、二枚目タレントにせよ、三郎は、その人生を殆ど体感したと言っても良い。

ただ、肝心な、その「幸福」だけが、運ばれて来る事は無かった。

(何故なんだろうなあ。……)

ボンヤリと白い雲を眺めた。

「あ」と三郎は思わず声を上げた。

(あいつらは、もしかしたら、幸福、では無いのではないか?)

三郎はそう考え、

(そうか。いや、そうに違いない)

と一人肯いた。

(そうだったのか)

完全に決めつけていた。

(すると。……)

三郎は考える。

(幸福は、金や、女や、名声などでは得られないのか?)

三郎は、びっくりしたので、

(あ、びっくりした)

と一応胸に呟いてみた。

三郎は、幸福というのは、金や名声やセックスがモタらすモノだとばかり思っていた。

三郎の友人たちも皆そう信じているし、日本中、いや世界中の大概の人間達が、皆、そう信じてこの現在を生きている事は微塵《みじん》も疑う余地の無い事だと思われた。人類の意志が、今やそうなっているのである。

(いやあ、オドロイたなあ)

三郎は、しみじみ、そう思った。

(人間の幸福が、金でも、名声でも、セックスでも無いなんて)

三郎は考える。

(他に何が有ると言うのだ)

何も思い当らなかった。馬鹿なのである。

三郎は煙草に火をつける。

(じゃあ、幸福、とは一体なんなのだろう。……)

解らなかった。

ただ、本当の幸福がこの世界に、まだ存在していない事だけが解った。或いは失くしてしまったか、である。

いずれにせよ、本当の幸福は、今、この地上には無い。

(もし有るのなら)

三郎は果てしなく連らなる細胞の原野を思い浮べた。

（ただ一個の細胞が、その意味を全体に染み通らせて行く様に、もし今この地上に、たとえ一つでも本当の幸福が存在するのなら、それは全ての人間にゆきわたっていなければならない）

そういう三郎の理論である筈だった。

ウーム、と三郎は、考え込んでしまった。

5

さて、そろそろ、この短いハナシも終ろうとしている。最後に、一人の老婆が三郎の前に現れる。老婆は、その垢抜《あかぬ》けたオフィス街で極端に不似合な程、貧しい身なりをしている。腰を屈《かが》め、三郎の右手の方から、アスファルトの路《みち》をゆっくりとした歩みで近づいてくる。

何か大きな風呂敷包みを抱くようにして歩いていたが、その老婆が三郎の前で前のめりになって転んだ。持っていた包みが解け、路に跳ねた重箱の中から、無数にも思える、握り飯、タマゴ焼き、タクアン等が見事に路上にバラまかれた。

ああ、と小さく呻《うめ》くような声をあげ、老婆はそこにうずくまった。倒れた時に腕をどうかしてしまった様で、そこをもう片方の手で押さえている。

生憎《あいにく》人通りの絶えた時間帯で、抱き起こす様な者も無く、二人程若いサラリーマンが通ったが、彼らは握り飯を跨《また》いで忙《せわ》しげに歩み去って行った。

放っておくのもナンなので、三郎はベンチを立ち、

「バアちゃん、大丈夫か？」

と老婆の肩を軽く抱きかかえた。

「あ。ああ、どうも。あい済みません」

と老婆は三郎に顔を向けた。その目が、何か少し変だな、と三郎は思った。それから、老婆の、握り飯やらタクアンやらを拾い集めるその仕草を見ているうちに、三郎は、あ、と思い、

「バアちゃん、目が」

と言いかけて後の言葉を呑み込んだ。老婆は微笑《ほほえ》んで三郎に顔を向けると、

「ええ。少しは、見えるんですけど」

と言い、

「でも、なまじ少し見えたりする方が、こんな目に遭います」と哀しげに、微笑《わら》った。

「しょうがねえな」

三郎は、老婆を抱える様にして、そばのベンチに腰を下ろさせると、

「拾ってやるよ」

と、その沢山《たくさん》の握り飯やらタマゴ焼きやらを拾い集め、三段になったその重箱の中に何とか収めた。

「この辺りは、路、ったってキレイだから、そう汚れちゃいないけど、でも、ま、喰いもんだからなあ」

そう言いながら、重箱を老婆に手渡すと、老婆は、

「どうも、済みません」

と深々と頭を下げ、それから、膝の上に丁寧に広げた紺色の風呂敷の上に、受け取った重箱を静かに置いた。三郎は、老婆の隣に腰を下ろし、煙草に火をつけた。

「どうするツモリだったの。こんなに沢山の御飯」

「……ええ」

と老婆は短く答え、それから少し間を置いた後で、

「……この先の公園に、家の無い人が何人か居らっしゃいましてね。時々、まあ、こうして」

と微笑んだ。

「なるほど……」と三郎は、老婆の、その横顔にボンヤリと目を落とした。それから煙草を一つ喫《の》み、

「ナルホド」

ともう一度呟いてみた。

老婆は、力無く一つ笑うと、「また、つくってきます」と呟いて膝の風呂敷をゆっくりと結び始めた。その皺《しわ》の深い小さな指先が器用に重箱を包んでゆく様《さま》を、三郎はぼんやりと見つめた。老婆はひどく落胆しているように見えた。どの位の時間をかけてつくった弁当かは知らないが、それらを無駄にしてしまった自分が、きっと、はがゆく、情けないのだろう、と三郎は思った。

「バアちゃん、平気なんじゃないか。たいして汚れちゃいないよ」

三郎はそう言うと老婆の結び了《お》えた風呂敷包みを持ち上げ、立ち上った。

「持ってってやるよ。オレ、ヒマだから」

そうして、老婆の背中に手を当てながら、三郎は公園へ歩いた。

公園の、三人の浮浪者《おとこ》たちは喜んでそれを食べた。三郎も、一つ二つ食べた。青空の下で、それはひどく、うまかった。

「実はね。このお弁当、さっき、向うで落っことしちゃったんですよ」

老婆がそう言うと、男たちは弾《はじ》かれた様に笑い、

「道理で、ゴマだか砂だか分らねえのが、くっついてたよ」

と愉快そうに声を上げた。

青空の下、芝生の上で、三段の重箱いっぱいに詰められていたそれは、瞬く間に失くなった。

老婆は、肩に掛けていた水筒を外し、腹を充たして満足気な彼ら一人一人に熱いお茶を注《つ》いでやった。

「兄《アン》チャンにはコレ貸してやる。客用だぞ」

と男たちの一人が、ヒビ割れた湯呑みを三郎に差し出し、老婆は一つ微笑んでそれにも茶を注いでくれた。

「ああ。どうも」

と三郎は注がれた茶をグビと飲み、そして空を見た。

それから、ポケットの煙草を出し、一本咥えたあとで、「よかったら」とその箱を男達に差し出した。

「お、悪いね」

と三人は、それを一本ずつ抜いて、火をつけた。

「どど、どうも、あ、ありがとう」

最後に火をつけた小男は、吃音癖《きつおんへき》が有るらしく、そう言いながら丁寧に頭を下げて、残りを三郎に返した。

三郎は、こうした、所謂《いわゆる》、ホームレスと呼ばれる人達を、特に好きとも嫌いとも思わなかったが、しかし握り飯を跨いでビル街に消えた若ゾウよりは余程マトモな人間なのじゃないかと思った。

そのうち、一人が、それは三人の中でリーダー格らしい五十過ぎ程の大男だったが、その男が、「お、そうだ」と声を上げ、他の二人と顔を合わせてニヤニヤと笑った。

何だろう、と三郎は思ったが、老婆は、そういう彼等の様子がよく見えていないのだろう、青空の下、芝生に、ちょこん、と座って茶を飲んでいる。その穏やかな横顔を、三郎は少しの間、見ていた。

そのうち、その大男が、少し離れたねぐらの辺りから薄汚れたスポーツバッグを下げて戻ってくると、ファスナーを開け、そこから一台のラジカセを取り出した。

「おばあちゃんよ」

大男は嬉しそうに笑うと、老婆に、そう話しかけた。

「こないだ、ラジオが欲しい、って言ってたろ。コレ、拾いもんだけどよ、俺達からのプレゼントだ」

そう言って、大男は、それを老婆の前に置いた。

まあ、と小さく、老婆は声をあげた。

「ままま、まだ、あ、新しいし、そそ、それに、オ、オレたち、ちゃ、ちゃんと、拭《ふ》いたから、きき汚く、なななないよ」

脇から、小男がそう言ったその言葉どおり、それは、午後の日射《ひざし》の中に眩しく輝いていた。

「そそそ、それに、コ、コレ、カカカカセットも、き、きけるんだだよ、なな?」

と小男は他の二人を見た。

「ああ。ちゃんと動く。俺が、西口のヨドバシカメラの電源で、ちゃんと試した」

もう一人の、痩《や》せて、神経質そうに見える男が、そう言って肯いた。

「それとな、おばあちゃん」

とバッグを持って来た大男が老婆の手を取り、

「いいかい」

と、老婆の皺の深い指をラジカセの操作ボタンの辺りに乗せた。

「おばあちゃん、目が、少し、良くねえだろ。でな、ボタンに、シルシを付けてみたんだ。小《ち》っちぇえ石ころをセロテープでとめただけなんだけどよ。ホラ、触ってみな。この、石ころが一個の所は、カセットを普通に回すヤツだ。これを、こう、押すんだ。歌ァ聴く時は、コレでいいんだぜ。分ったかい」

「はい……」

老婆は、うつ向いたまま、小さく肯いた。

「それから」

と男は老婆の指を、その隣にずらし、

「この、石ころ二個が、巻き戻しだ。もう一度同じ所を聴きたい時とかに押すんだ。いいかい。そいで、この、三個が、先に早く進めるヤツ、それから、コッチの、この石ころ四個がラジオのスイッチだ。これを、こう、上げるんだ。一応ＮＨＫ、に合わせてあるからよ」

そう説明しながら、男は、そのテラテラと赤黒く光る太い手を、老婆の指に軽く添えて、やさしく動かしていった。

「はい……」

とだけ老婆はまた答えた。

「お、おばあちゃん、みみ、民謡が、ススキだって言ってたから、ここ今度、み、民謡のテ、テープ、い、いっぱい、みみ見つけてきて、や、や、やるからな」

小男が懸命な調子で、そう言った。

「あ、二丁目の民謡酒場か?」

と痩せた男が小男を見る。

「ウ、ウン。そそそのうち、ふ、古いの、す、す、捨てるんじゃないかとお、思って、毎朝、い、行って、みみみみるんだけど、まままだ、なななないんだ」

小男は、その貧相な顔をクシャクシャにして、そう言って笑った。

老婆は、少しの間、黙って、ただ、そのラジカセを静かに撫《な》でていたが、そのまま、何も言わず、男たちに深く、頭を下げた。

涙が、ポタリと一つ、芝生に落ちた。

三郎は、おや、と思った。

老婆の心の中で、小さな花が、一つ、ゆっくりと開いてゆくのが、三郎に解った。

その、おだやかな、一枚一枚の花びらが、音も無く、老婆の心の中で、あたたかにゆれている。

そして、その温《ぬく》もりが、すっと三郎の心に運ばれて、そこに、同じ花を一つ咲かせた。

（ああ……）

と三郎は青空をみた。

君の幸福は、僕の幸福。

それはあながち、間違いでは無かったと三郎は思った。

あとがき

ちゃんと数えてみればいいのだろうが、たぶん十冊目くらいの著書である。起きて、寝て、そのあいだに散歩ばかりしているようなやつが、よう十冊も本を出せたなと思う。

作家デビュー、かれこれ十一年。

気がつけば、五十六歳。ほっとけばやがて六十である。

ちかごろ、ふと考える。

六十になっても、やっぱり俺は真っ赤なアロハシャツで町をウロウロしたりしているのだろうか。

ディープパープルをヘッドフォンにＭＡＸの音量で聴いたりしているのだろうか。

たまにエロビデオ眺めて、うひゃひゃひゃとかしているのだろうか。

たぶん、していると思う。

俺は老人になる自信がない。

ちゃんと老人になれるかと不安である。

老人にはやっぱり、孫がいなくてはなるまい。

そして、カラオケが趣味だったりもせねばなるまい。

思い出の詰まった、こぢんまりとした古い自宅がなければなるまいし、そこへたまに訪ねてくる娘夫婦が居たりせねばなるまい。その茶の間で、夕方には大相撲観戦もせねばなるまい。

当然、年金受給者でなければなるまいし、余生を不安なくおくれる程度の蓄えもなくてはなるまい。

その他もろもろ老人を老人として完成せしめる要素が多々あろうかと思うが、俺には、そのどれ一つとして、ない。

いまも、このさきも、ない。

見事に、ない。

だからどーした、ということでもある。

思えば俺は、若者であるべき年齢の時に、若者ですらなかった。

子供であるべき時に、子供ですらなかった気がする。

生きても生きても、居場所のない男ではある。
それでオッケーだと、いつからか思って生きている。
人間は人間の手本になる必要などない。
一つの「見本」であればいいのだと思う。
どんな「見本」であれ、何かしら見る人の参考にはなるものだ。
そういう意味で、この一冊が、読んだ人の何かの足しになればうれしい。

二〇一二年九月

著者

編集部注

※本書は、厳密には著者九冊目の著書となります。

解説——きみがつらいときには、辻内智貴《つじうちともき》がきく。

ライター　朝山《あさやま》 実《じつ》

〈夢は、叶《かな》ったり、叶わなかったり、気まぐれなもんだけど、そんなことはどうでもいいんだ、って、観ていてそう思えたよ〉

小説家ではあるが、書いている様子もなく、なじみの店でときおり弾き語りシンガーをしたりしている男。連作短編「ＡＤＡＹ」の主人公は、中上竜二《なかがみりゅうじ》という。〈俺〉といい「リュウちゃん」と呼ばれる男のフルネームがわかるのはずいぶんあとのこと。彼が、東京で歌手になるという娘「彩《あや》」に、冒頭のように夢について語る場面が印象的だ。いまの自分とはちがう、なりたい自分になろうとする。夢はそのためにある。大事なことは叶う叶わないじゃない、過程なんだ——とある映画にかぶせ、そんなことを熱弁する。

オヤジの熱弁ととられかねないが、ふだんの竜二は気恥ずかしいことのできるキャラクターではない。「ロープみたいなものなんだな」とたとえ、谷底に落ちそうになるのをつなぎとめてくれるものが夢だという。

そういえば、「多輝子ちゃん」という辻内さんの初期の作品にこんな台詞《せりふ》があった。

「この世の中で本当に何かの役に立っているのは、利口でそつの無い大人では無くて、もしかしたら、そういう、大人にならない人間《こども》たち、なのかも知れませんね」

歌手をあきらめ故郷に戻っていった男を懐かしみ、放送局に勤める男が、男の歌によってすくわれたという多輝子さんに向けて言っていた。辻内智貴の作品には、大人になろうとしない男がよく出てくる。ハンパだが、好ましい男たちだ。

「Ａ ＤＡＹ」に話をもどすと、その娘が竜二に語ったのはごく一部の身の上話で、ふたり暮らしだという母親のことはアルコール依存症で「クソったれな母親なんです」と話題を避けた。彼もそれ以上を聞かない。デリカシーのある男である。

彼女が歌手になれるかどうかはわからない。そんなことは承知で応援してやろうというひとたちが出てきて、唄を聴いた新聞記者が「これは、もしかしたら」と記事にする。

コンビニのコピー機の前に立つ彩を、竜二が見かける。コピー機の脇には、宛先の書かれた封筒が一つ置かれていた。見かけた竜二は、声をかけそうになるものの、黙って立ち去る。

なぜ声をかけないのか。読者はむろん了解する。このシーンは、5章で語られる面会者が訪れることのないキエさんに関する話とともに、この小説の背骨である。

本書を手にして迷われている読者がいるなら、あなたが『青空のルーレット』や『セイジ』の既読者であるなら、読むことをおすすめします。ぜったいに。

本書が過去の作品と多少色合いが異なるのは、ふいに転調をなすこと。起承転結の〈転〉で、きょくたんな喩《たと》えをするなら『笑点』にチャンネルをあわせていたはずが、きまじめな西島秀俊《にしじまひでとし》が映っている。

折り返し地点を越し、話も尽《つ》きようかというころ、それまでのコミカルさはなんだったのかというくらい、西島秀俊が活躍する。『僕はただ青空の下で人生の話をしたいだけ』の特色のひとつだ。

しかし、たとえ年数を経ても違わないのは「キノドクなひとたち」のシルエットの濃いことだ。たとえば巻末に収まる「君の幸福は僕の幸福」である。

主人公の「三郎《さぶろう》」は、いまバッハのカンタータがかかる喫茶店で煙草《たばこ》をふかしながら、ブツブツと口を動かしている。視線の先には、浮かれたカップルがいる。

「お客さん……あの、大丈夫、ですか?」

若い店員が声をかける。あやしまれていたわけだ。三郎は無職の32歳。ひとり暮らしで毎日ブラブラしている。昭和歌謡の一節みたいなタイトルだが、意味するものが何かはおいおいわかりはじめる。

三郎は、ひとの心が読めるとのたまう。口にするのは自由である。幸福そうなナリをしている人間を目にすれば近寄っていき、御裾分《おすそわ》けに与《あずか》ろうと妄想を膨《ふく》らませる。はっきり言えば、アホだ。

その三郎が、オフィス街のど真ん中で、ひとりの老婆に目をとめる。その瞬間から〈転〉に切り替わる。躓《つまず》いたのか、おばあちゃんは重箱の中身をぶちまけ、おろおろとする。その脇を若いサラリーマンが二人、ころげ出た握り飯をまたいで通りすぎていく。と、三郎は立ち上がる。

ここから先は書かない。解説から先に読んだりしているなら、ともかく作品を読みなさい。

うるっとする。しなければニンゲンではない。それは言い過ぎだが、わたしは三郎に謝った。

立ち上がった瞬間、松尾《まつお》スズキの面（わたしの脳内でのキャスティング）をしていた三郎は西島秀俊にヘンシンしていた。いや、松尾スズキのままのほうがカッコイイのかもしれないが、なによりタイトルの意味するところは最後の最後になって理解する。キエさんの章のラストにも通じる、いいシーンだ。

「脳は、心では、ありません」

「記憶」は変わった小説だ。催眠術がつかえるという若者が、ある山荘の管理人をしている「戸田《とだ》」に呼びかける。

戸田は記憶をなくした男で、若者は封印された記憶の扉を開けようとしている。物語はクライマックスにさしかかっている。戸田の素性を知るものたちの間では「政府の試作品のようなものだ」といわれている。

そういえばデカルトやカントの時代には「こころ」は人体パーツの一部だと考えられていたという。否、そうではない。「こころ」は宿るモノではなく先行して「あるもの」だ。そう考えたのがサルトルに代表される実存主義哲学なんですよ、

「わかるかい?」

と哲学書を若いころに読みふけったというひとに教えてもらった。そのひとが言うとおりなら、脳に細工をしたところで「こころ」の問題は解決しないということなのだろう。「記憶」は辻内さんにしては、めずらしくサスペンスタッチの気配をまとった作品だ。た

だし、ミステリーや犯罪ミステリーを書きたいわけではないらしいのは読めばわかる。

『カッコーの巣の上で』という映画があった。

日本公開は1976年。若者たちにとっては古い話になるが、ハリウッド・メジャーに対抗し米国ではニューシネマの旋風が吹いていた。日本にも波及した。時代を象徴するオレたちの一本だ。

ジャック・ニコルソン演じる犯罪者が精神病院に送り込まれ、知恵がアダとなりロボトミー手術を受けるまでを描いた「怖い」映画だ。閉鎖病棟を管理する医師や看護人たち、患者たちの生活を詳細に描くとともに、社会にとって「おとなしい人間」へと改善するために脳を手術する治療が賛否を呼んだのはいうまでもない。

辻内さんは1956年生まれで、わたしも同じ年に生まれた。誤解されるといけないが、ここで映画と「記憶」に一致するものがあると指摘したいわけではない。物語も舞台も異なる。ただ一点、ロボトミー手術というものが存在することを知ったときに感じた、あの怖い感覚、ざわめきを思い起こしたことだけをいっておきたい。

さて、本書の背骨となる連作短編「A DAY」について、いま一度ここで語っておきたい。

中上竜二もまた、辻内さんの作品ではおなじみの単身者用の部屋住まいで、拾ってきた仔猫を隠れて飼っている。おまけに、そいつのノミのせいで、痒《かゆ》くてたまらんと嘆《なげ》いている。

日々の言い訳を書く時間があるなら、さっさと注文された原稿にとりかかりなさい。編集者ならきっとそう言うだろう。

彼は、夜中に買出しに出かける。コンビニの前で目があった女の子に、自転車の後ろに乗せてと言われ（ふつう言わないでしょうけど、誰だかわかんないオッサンには）、彼女のマンションまで送り届け、じゃあ、と別れる。たいていの小説であれば、なんらかの芽生えを予感させるシーンである。わけありみたいだけど、じつに気になる少女でもある。久々に読み返してもまたそう思った。

どこまでも　行けそうな夜　／おまえと　二人きりなら
聴こえてる　カーラジオにスタンダードナンバー　／　流れ星の　ハイウェイ
誰にだって　悲しいことってあんジャン　／　生きるって　そんなルールだろ？
『流れ星』作詞・辻内智貴

このところ、辻内智貴のアルバムを日が落ちるのにあわせ、何度も何度も何度も聴いている。ツイッターにそうつぶやいたら、「わたしの知っている辻内智貴は〝聴く〟ではなく〝読む〟ひとなんですが?」とリプライされた。

「同じ辻内さんです。たった一枚『ZeRo』というCDが出ています。昭和フォークと横山剣《よこやまけん》をたしたブルージーな歌声で、いい」と返した。

……あんジャン♪

いかにも大人になりきれない、なろうとしないままトシをとったのが、それを恥じていないのが歌声にあらわれている。唄はつづく。

世界が危なかろうが、べつにいいジャン、と呼びかける。いまを突っ走ろうよ、と唆《そそのか》す。

ラブソングだが、ベタついてはいない。「どうでもいい」といいながら、そうは思ってないのも伝わってくる。

そう、ぼくらは団塊《だんかい》だとか全共闘世代だとかいったセンパイたちから半周ほど遅れて社会に出た。中坊時代は「シラケ世代」と名づけられ、無関心であること、冷めているように装うことが流行《はや》りだった。熱くなることを胡散《うさん》臭いと思っていた。だから斜《しゃ》に構えていたが、熱く夢中になれるひとに惹《ひ》かれもした。

辻内智貴の描く人間が、根はきまじめなのに世間からズレているのをみると親近感を抱くのもそのためだろう。

だけど……、自転車の後ろに乗せた少女の話、「ありがとおーっ」と大声で礼をくりかえしていた娘のことを、翌日の夕方にニュースで知るなんて。怒ったね。なんちゅうヒドイ作家なんや。本を閉じ、名前を確かめた。

そういえば、「多輝子ちゃん」も「セイジ」も辻内智貴の書くものはどれもが、かなしみをまとっている。あまりに寡作《かさく》で、作品を目にしないうち、文体のライトさにダマされかけたが、辻内智貴はいっこうに変わっていないジャン！

まだ始まりもしていないのに、終わりを知らされる。むこうに行った少女の抱いた夢や時間を思いめぐらした。でも、こういう話って現実にあることジャン……。そう思うまでに初読のときは3日かかった。慣れは恐ろしいもので、久しぶりに手にした今回は半日だったが。

辻内さんの歌声は、こう続ける。

涙より　笑顔のほうがいいジャン
流れ星に　なろうよ

「A DAY」には、だれもが行けば安らぐ町の定食屋を営んでいたが、稼ぐ理由をなくし店を閉じようかと考えているヨシオ。川を流れ、助けられなかった捨て犬たちのことを心の隅にとどめながら59の誕生日をむかえた男。幼いころに離別し会うことが許されないまま亡《な》くなった母親のことを思い続け、老いてしまったキエさん……。皆みんな、こういっちゃなんだがキノドクでハンパなひとたちだ。30分ほどのテレビで半生を称《たた》えられるようなひとたちではない。でも、だけど……、かなしくはあっても、話したことがあるかのように、ものすごくいとおしく思えるのはどうしてなのだろうか。

この作品『僕はただ青空の下で人生の話をしたいだけ』は
平成二十四年十月、小社より四六判で刊行されたものです。

JASRAC 出 1502879−501

僕はただ青空の下で人生の話をしたいだけ

一〇〇字書評

切り取り線

購買動機（新聞、雑誌名を記入するか、あるいは○をつけてください）	
□（　　　　　　　　　　　　）	の広告を見て
□（　　　　　　　　　　　　）	の書評を見て
□ 知人のすすめで	□ タイトルに惹かれて
□ カバーが良かったから	□ 内容が面白そうだから
□ 好きな作家だから	□ 好きな分野の本だから

・最近、最も感銘を受けた作品名をお書き下さい

・あなたのお好きな作家名をお書き下さい

・その他、ご要望がありましたらお書き下さい

住所	〒				
氏名		職業		年齢	
Eメール	※携帯には配信できません	新刊情報等のメール配信を 希望する・しない			

この本の感想を、編集部までお寄せいただけたらありがたく存じます。今後の企画の参考にさせていただきます。Eメールでも結構です。

いただいた「一〇〇字書評」は、新聞・雑誌等に紹介させていただくことがあります。その場合はお礼として特製図書カードを差し上げます。

前ページの原稿用紙に書評をお書きの上、切り取り、左記までお送り下さい。宛先の住所は不要です。

なお、ご記入いただいたお名前、ご住所等は、書評紹介の事前了解、謝礼のお届けのためだけに利用し、そのほかの目的のために利用することはありません。

〒一〇一 - 八七〇一
祥伝社文庫編集長　坂口芳和
電話　〇三（三二六五）二〇八〇

祥伝社ホームページの「ブックレビュー」からも、書き込めます。
http://www.shodensha.co.jp/bookreview/

祥伝社文庫

僕《ぼく》はただ青空《あおぞら》の下《した》で人生《じんせい》の話《はなし》をしたいだけ

平成27年 4月20日　初版第1刷発行

著　者　辻内智貴《つじうちともき》
発行者　竹内和芳
発行所　祥伝社《しょうでんしゃ》
東京都千代田区神田神保町 3-3
〒101-8701
電話　03（3265）2081（販売部）
電話　03（3265）2080（編集部）
電話　03（3265）3622（業務部）
http://www.shodensha.co.jp/

印刷所　萩原印刷
製本所　ナショナル製本
カバーフォーマットデザイン　芥 陽子

本書の無断複写は著作権法上での例外を除き禁じられています。また、代行業者など購入者以外の第三者による電子データ化及び電子書籍化は、たとえ個人や家庭内での利用でも著作権法違反です。
造本には十分注意しておりますが、万一、落丁・乱丁などの不良品がありましたら、「業務部」あてにお送り下さい。送料小社負担にてお取り替えいたします。ただし、古書店で購入されたものについてはお取り替え出来ません。

Printed in Japan ©2015, Tomoki Tsujiuchi ISBN978-4-396-34112-1 C0193

祥伝社文庫の好評既刊

中田永一
百瀬、こっちを向いて。
「こんなに苦しい気持ちは、知らなければよかった……！」恋愛の持つ切なさすべてが込められた、みずみずしい恋愛小説集。

中田永一
吉祥寺の朝日奈くん
彼女の名前は、上から読んでも下から読んでも、山田真野……。愛の永続性を祈る心情の瑞々しさが胸を打つ感動作。

安達千夏
モルヒネ
在宅医療医師・真紀《まき》の前に七年ぶりに現れた元恋人のピアニスト・克秀《かつひで》は余命三ヵ月だった。感動の恋愛長編。

安達千夏
ちりかんすずらん
「血は繋がっていなくても、この家で女三人で暮らしていこう」――祖母、母、私の新しい家族のかたちを描く。

飛鳥井千砂
君は素知らぬ顔で
気分屋の彼に言い返せない由紀江《ゆきえ》。徐々に彼の態度はエスカレートし……。心のささくれを描く傑作六編。

朝倉かすみ
玩具《おもちゃ》の言い分
こんな女になるはずじゃなかった!? ややこしくて臆病なアラフォーたちを赤裸々に描いた傑作短編集。

祥伝社文庫の好評既刊

五十嵐貴久　For You

叔母が遺した日記帳から浮かび上がる三〇年前の真実――叔母が生涯を懸《か》けた恋とは？

五十嵐貴久　リミット

番組に届いた一通の自殺予告メール。〝過去〟を抱えたディレクターと、異才のパーソナリティとが下した決断は⁉

伊坂幸太郎　陽気なギャングが地球を回す

史上最強の天才強盗四人組大奮戦！映画化され話題を呼んだロマンチック・エンターテインメント原作。

伊坂幸太郎　陽気なギャングの日常と襲撃

天才強盗四人組が巻き込まれた四つの奇妙な事件。知的で小粋で贅沢な軽快サスペンス第二弾！

井上荒野　もう二度と食べたくないあまいもの

男女の間にふと訪れる、さまざまな「終わり」――人を愛することの切なさとその愛情の儚《はかな》さを描く傑作十編。

小手鞠るい　ロング・ウェイ

人生は涙と笑い、光と陰に彩られた長い道のり。時と共に移ろいゆく愛の形を描いた切ない恋愛小説。

祥伝社文庫の好評既刊

貴志祐介　**ダークゾーン（上）**

プロ棋士の卵・塚田《つかだ》は、赤い異形《いぎょう》の戦士として、闇の中で目覚めた。突如、謎の廃墟で開始される青い軍団との闘い。

貴志祐介　**ダークゾーン（下）**

意味も明かされぬまま異空間で続く壮絶な七番勝負。地獄のバトルに決着はあるのか？　解き明かされる驚愕の真相！

小路幸也　**うたうひと**

仲たがいしてしまったデュオ、母親に勘当されているドラマー、盲目のピアニスト……。温かい歌《ストーリー》が聴こえる傑作小説集。

小路幸也　**さくらの丘で**

今年もあの桜は、美しく咲いていますか——遺言によって孫娘に引き継がれた西洋館。亡き祖母が託した思いとは？

平　安寿子　**こっちへお入り**

三十三歳、ちょっと荒んだ独身ＯＬの江利《えり》は素人落語にハマってしまった。遅れてやってきた青春の落語成長物語。

白石一文　**ほかならぬ人へ**

愛するべき真の相手は、どこにいるのだろう？　愛のかたちとその本質を描く第一四二回直木賞受賞作。

祥伝社文庫の好評既刊

瀬尾まいこ　見えない誰かと

人見知りが激しかった筆者。その性格が、出会いによってどう変わったか。よろこびを綴った初エッセイ！

三羽省吾　公園で逢いましょう。

年齢も性格も全く違う五人のママ。公園に集まる彼女らの秘めた過去が、日常の中でふと蘇る――。感動の連作小説。

森見登美彦　新釈 走れメロス 他四篇

誰もが一度は読んでいる名篇を、大人気著者が全く新しく生まれかわらせた！　日本一愉快な短編集。

山本幸久　失恋延長戦

片思い、全開！　不器用な女の子の切ない日々をかろやかに描く、とっても素敵な青春ラブストーリー！

本多孝好ほか　I LOVE YOU

映像化もされた伊坂幸太郎・石田衣良・市川拓司・中田永一・中村航・本多孝好が贈る恋愛アンソロジー

西 加奈子ほか　運命の人はどこですか？

彼は私の王子様？　飛鳥井千砂・彩瀬まる・瀬尾まいこ・西加奈子・南綾子・柚木麻子が贈る恋愛アンソロジー

祥伝社文庫　今月の新刊

安達　瑶
闇の狙撃手　悪漢《わる》刑事《デカ》
汚職と失踪の街。そこに傍若無人なあの男が乗り込んだ！

西村京太郎
完全殺人
四つの〝完璧な殺人〟とは？ゾクリとするサスペンス集。

森村誠一
狙撃者の悲歌
女子高生殺し、廃ホテル遺体。新米警官が連続殺人に挑む。

内田康夫
金沢殺人事件
金沢で惨劇が発生。紬の里で浅見は事件の鍵を摑んだが。

樋口毅宏
ルック・バック・イン・アンガー
エロ本出版社の男たちの欲と自意識が蠢く超弩級の物語！

辻内智貴
僕はただ青空の下で人生の話をしたいだけ
時に切なく、時に思いやりに溢れ……。心洗われる作品集。

橘　真児
ぷるぷるグリル
新入社員が派遣されたのは、美女だらけの楽園だった!?

宮本昌孝
陣星《いくさぼし》、翔《か》ける　陣借り平助
強さ、優しさ、爽《さわ》やかさ——。戦国の快男児、参上！

山本兼一
おれは清麿《きよまろ》
天才刀工、波乱の生涯!!「清麿は山本さん自身」葉室麟

佐伯泰英
完本　密命　巻之三　残月無想斬り
息子の心中騒ぎに、父の脱藩。金杉惣三郎一家離散の危機!?